バリ山行

松永K三蔵

Matsunaga K Sanzo

講談社

バリ山行

山ですか？　最初に山に誘われたのは四月。山ガールだという事務の多聞《たもん》さんに声を掛けられ、私はキーボードを叩く手を止めて顔を上げた。

「はい！　波多《はた》さんも行きましょうよ」

山。それはいつ以来だろう。高校、いや、あれは中学時代。部活の合宿で丹波の山に登らされた記憶があった。大学の頃、旅先で酔って夜中に友人と旅館の裏から山道に入り込んだのは登山とは言わないだろう。

登山歴二〇年、定年後も嘱託として勤めている松浦さんが「いっぺん、みんなで行けへんか？」と言い出したという。社内の電子掲示板に「春の六甲登山」というタイトルのトピックが出ており、「運動不足解消に。先着一〇名限定　レッツのぼりニケーション」というかなり無理のある語呂の見出しがついていた。ジムを退会し、運動不足にもなっていたし、アウトドアにも興味があった。

しかし、行くとなると週末のほとんど丸一日、家を空けることになる。その晩、妻に相談すると、「行ってきたら?」と意外にあっさりOKが出たので、翌日「参加希望」とメールを送ると、トイレで一緒になった松浦さんは「おう波多くん、自分でちょうど一〇人目や」と小便器の前で身体を揺らしながら言った。トピックが立ってまだ二日目だったが、それは社内行事としては意外なほど人気だった。

阪急芦屋川に集合して高座川沿いから登る。ロックガーデン、風吹岩を経て雨ヶ峠。そこから更に登って山頂へ。それは六甲登山の王道ルートだと言う。

「ロックガーデンはけっこう本格的な岩場や。スニーカーでもいけないことないけど、これを機に登山靴を買ってもええんちゃうか? リュックは何でもええよ。あと岩場は軍手なんかもあるとええな。あ、ほんでカップ麺と、水も持って来てな」

リュックはある。中断して久しいランニングで使っていたスニーカー、メッシュキャップもある。軍手は会社の倉庫から滑り止め付きのものを一双拝借した。山でカップ麺。私は一度それをやってみたかった。が、お湯はどうするのか。松浦さんが焚き火でもして沸かしてくれるのだろうか。

駅前の広場は多くのハイカーで溢れ、カラフルな登山ウェアに身を包んだ彼らの中で、あり合わせの服を着て来た私は素人丸出しで、ひどく場違いに感じた。

レインボーカラーのレッグウォーマーを穿いている多聞さんはもちろん、誘われた谷口さんも格好だけはすっかり山ガールで、同じ営業課の、やはり初心者のはずの栗城も登山ウェアだけは完全にコーディネートされていた。直前でひとり欠席して総勢九名。全員が揃うと、松浦さんは広場の隅に輪をつくらせ、山での注意事項を長々と続けた。「もう一回言いますよぉ。単独行動厳禁。無理はしない。ペースを合わせる。ゴミを出さない――」学校行事のようなそんな様子に、通りすぎてから噴き出す人たちもいた。

駅から川沿いの道にハイカーの列が見える。我々と同じような男女混成グループや、子連れのファミリー、ソロ、女子だけの山ガールグループもいる。ある程度の混雑は予想していたが、休日にこれほど多くのハイカーが集まるとは思ってもみなかった。

「行列やん!」と経理の難波さんが言うのに答えて、「ニュースでやってましたよ、アウトドアブームって」と総務の河野さんも言う。

山の手の住宅街を行き、やがて道の先に濃緑の暗がりが見えた。そこが登山道だった。山に入ると、すぅっと空気が変わるのがわかった。頭上を樹々が覆い、木洩れ陽が地面に散っている。登山道の脇は崖になって深く落ち、その底には渓流が見えた。歩いていると、崖を這って昇ってくる水のあまい匂いがする。駅から歩いて二〇分。街のすぐ近くにこんな景色があることにまず私は驚いた。

ロックガーデンと呼ばれる場所は傾斜の急な岩場で、一見すればとんでもない難所に思えたが、取りついてみると、うまく配置されたように手掛かりや足掛かりがあって、面白いように登ることができる。松浦さんの解説によれば、定番のこのコースは昔から多くのハイカーが登ることで土が削れて岩が狎《な》れ、天然自然のアスレチックになっているということだった。悲鳴をあげる谷口さんをみんなで支えて和気藹々、助け合い、笑い合いながら崖を登る。「三点支持、三点支持やで！」と危ない箇所では松浦さんが上から声を掛けた。栗城も女性社員のザックを三つも預かり、登りを助けていた。

　登山道の曲がりにある広場からは神戸の街が一望できた。山裾の先に街と海が薄靄に馴染むように青く溶け合っていた。遠望する山脈は本当に青い。そんなことを思って私が景色を眺めていると、「あー、今日は霞んでもうひとつやなぁ」と背後から誰かが言ったが、私には新鮮な眺めだった。

「四〇〇カロリーいった！」、「今で一時間四〇分？」多聞さんと谷口さんがスマホの画面を覗き合っている。登山地図が見られ、GPSで現在地がわかり、行程のログも取れる登山アプリだという。「歩いた距離とか標高とか、あと消費カロリーもわかるんですよ！」多聞さんから説明を受けていると、「あ、オレもアカウント作りましたよ」と割って入って来る栗城は、どうやら多聞さんが目当てらしかった。

　昼には松浦さんと多聞さん、やはり登山が趣味の設計の槇さんたちがバーナーで湯を沸かし、それぞれが持参したカップ麺に注いでくれた。流石にそれは焚火ではなかった。山で食べるカップ麺。これが美味かった。「最高じゃないスか！」と栗城も大袈裟にはしゃいだ。食後に松浦さんが紙コップで全員に振舞ってくれたインスタントコーヒーもなぜか不思議なほど美味かった。

「オレもバーナー買おっかなぁ」と言い出した栗城が、槇さんが持つ高速湯沸かしバーナーの値段を聞いて叫んだ。「えーッ！　そんなにするんですか？　コレ」

「そら、高いわ。登山はもともと富裕層がやっとったんやから。ジェントルマンのスポーツや。日本で最初にレジャー登山をしたって言われとるのがイギリス人のアーネスト・サトウたちでな、それがここ六甲山や言うから、低山やけど六甲山こそ我が国における由緒正しき近代登山発祥の地でな――」松浦さんは胸を反らせて解説をはじめる。

「なんで外国人なのにサトウなんですか？」多聞さんが訊く。「それは知らん。せやけどとにかくイギリス人や。ほんで、その仲間のウィリアム・ガウランドと、えーと、ロバ……いう三人で登ったのが最初や言われとるんや。ガウランド言うたら日本アルプスの名づけ親やで」と六甲山系の西の端、神戸市須磨区に住む松浦さんは誇らしげだった。

草原が広がる東おたふく山の頂から、陽を受けて薄紅色に光る海が見えた。皆から少し離れて煙草を喫っていた藤木常務は、携帯灰皿を揺らしながら戻って来ると、私の隣に腰を下ろした。首にかけたタオルで顔を拭い、「たまにはいいだろ？　会社の仲間とこういうのも」と私の肚《はら》を見透かしたように言った。

街を離れ、土を踏んで自然の中を歩く。冷たく湿った山気を吸い込むと、仕事の憂さも晴れるように思えた。社会人になってからの登山は新鮮だった。緑にのまれる登山道、展望台からの眺め、湯を沸かし、外で食べるカップ麺。松浦さんが振舞ってくれるインスタントコーヒー。家に帰りシャワーを浴びて、アプリでその日の山行《さんこう》記録と写真を見る。くったりと残る疲れは寧ろ心地よく、翌日は不思議と身体も軽く感じた。

当初一回の予定が参加者に好評で、他に希望者もいたので、すぐに二回、三回と松浦さんは上機嫌で企画して、そのお知らせが月に一度くらい社内掲示板にトピックとして載るようになると、それは恒例になった。

大抵はアクセスの良い六甲山系の山で、金鳥山、再度山、摩耶山。その他に宝塚の中山連山、箕面の勝尾寺南山――。興味を持った社員が代わる代わる参加して、社員数五〇人弱の社内でそれが一巡すると、ほぼメンバーが固定して「サークル」になった。もちろん私もその中のひとりで、いい運動にもなり、ちょっとした小旅行の気分も味わえる登山の魅力に惹かれた。やっと私は社内に自分の身の置きどころを見つけたように思った。

山行計画はいつも松浦さんが立て、経理の難波さんがそのまま会計をした。それから槇さん、栗城。山ガールの多聞さんと谷口さんがトピックを作って広報し、それを見た藤木常務や、現場を収めて事務所に戻ってきた工事課のメンバーがたまにそれに参加した。

若手が多い営業課からも当初何人かの参加はあったが、大抵は「お山のぼり」とせせら嗤ってそれきりだった。綿密すぎる松浦さんの山行計画には度々休憩が入り、またペースも遅く、強度の面では物足りなさはあったが、初心者からベテランまで老若男女の混成グループならばそれも仕方がないことだった。

「よかったやん、いい趣味ができて」

週末の休みに、ようやく歩きはじめた娘の面倒を妻にすっかり任せてしまうことになるけれど、それは「会社行事」でもあったので妻の理解はまだ得やすかった。登りはじめて半年、「ちょっと痩せたかな？」とシャツの裾を捲り、脇腹をつまんで見せたが、妻は手元の鍋に目を落としたまま「そういうのって大事やと思うわ」と別のことを言うようだった。

古くなった建物の改修。屋上の防水や外壁塗装、そんな建物の外装の修繕を専門とする新田テック建装に、内装リフォームの会社から転職して二年。当初無理をして顔を出していた社内の付き合いの飲みも、慣れてきた頃には億劫に感じて断るようになっていた。私はその口実に、娘あるいは妻に熱を出させ、住之江区のマンションにひとりで暮し、地域のエアロビクスサークルを主宰するほど溌剌と動き廻っている母親を要介護者にした。そうやって上司や同僚からの誘いを断り、いつも真っ直ぐ家に帰ってくる私に、妻の方が気を揉むようで、「どうなん？　会社は」と度々訊いた。「ぼちぼちかな」とネクタイを引き抜いて、詳しく話すことはなかったが、後から入った栗城が服部課長に可愛がられて営業課の中でうまく馴染む一方、私は早くも自分が浮き始めているのを感じていた。

「そういうのって今も昔も変わらへんよね。仕事のうちやと思うよ」

ブラウスのままエプロンを掛けた妻は言う。「実績つくってもさ、評価されるのって社内でうまくやってる人やし」大手保険会社でフルタイムで働く妻の、そんな愚痴ともとれる声を、私は膝の上で丸くなってタブレットを握る娘の背中を見ながら聞いた。

「人の集まりやからな」

最低限の付き合いは「マナー」として求められる。小さい会社で働く以上、いや、大きい会社であっても所属部署や支店で、それは逃れようのないものだと理解している。松浦さんの登山企画に参加したのも、私の中にそんなことの反省があったからだった。

けれど何度か山に登るうち、いつしか私のスマホには登山関連のものが増えた。登山アプリはもちろん、関西の山を紹介したブログや登山系ユーチューブチャンネル。その更新をチェックして、アプリでフォローした相手の山行記録を見る。そんなことが私の昼休みの過ごし方になった。

やがて登山用品のサイトや道具紹介の動画を見はじめて、そのあたりの知識がついてくると、アウトドアブランドに凝りはじめる。マムート、ミレー、ホグロフス、アークテリクス――。仕事帰りに神戸の旧居留地に並ぶ登山用品店に寄ってウェアや道具を眺める。するると、とりあえずとばかりに安物で揃えたウェアや道具が不満になった。山でも、颯爽とハイブランドのウェアを着こなして、高価なザックやシューズを身に着けたハイカーの姿に目が行くようになる。月の小遣いを節約して余剰を絞り出し、やはりギアフリークの槇さんの教えを請いながら、私は少しずつウェアや道具を新調していった。

登山自体は、登山口までの交通費と飲み物、補給食、昼食のカップ麺代くらいの出費で済み、近場であれば一日遊んで一〇〇〇円もかからない。最初私はカネのかからない良い趣味を見つけたと思っていたが、ウェアや道具に凝り始めると出費が止めどなく、「えッ、また買ったん？　ほんまカッコだけは一流やね」と妻から呆れられた。

その頃に藤木常務が社長に掛け合って僅かながら活動費が出ると、松浦さんは登山サークルを「登山部」に改め、自ら部長を名乗った。嫌がる槇さんを副部長にして藤木常務を顧問に据えると、松浦さんは仕事中に「無事是名馬――」からはじまる会則をワードで打って、印刷して部員に配った。

「あ、多聞ちゃん？　アンカー美装の請求書まだ来てないけど？」、「東町ヴィラ、連絡ついたん？　早よせな工事保証切れてまうで」、「槇さん、来週、打ち合わせ同行お願いできません？　向こうにも一級建築士がいるんですよ」

山に登っても、社員同士であればどうしても仕事の話になった。度々誰かが「仕事の話はなし禁止！」と言わねばならなかったが、それでもまたすぐ社内の話になった。

「社長、また角《すみ》さんと一緒に出て行ってはったわ。何んなんやろね、あれ」「先月の接待交際費すごかったですよ」、「鈴木さんと木暮、別れたらしいやん」「え、いつ？」そんな社長の動向から社内のゴシップまで、私などは社内で耳にできない話もあった。

登山部を通じて、これまでほとんど話すことの無かった設計の槙さんや、書類不備の小言を言われるだけだった難波さんと心安くなったのは良かったが、事務所をそのまま山に移したような会話には辟易することもあった。やはりそれは妻の言うように「仕事」なのかも知れない。

そんな登山部の山行に、妻鹿《めが》さんが参加すると聞いて私は意外に思った。

——妻鹿さん。営業二課主任。メガ。インパクトのあるその響き。私がその名前を初めて耳にしたのは転職して数ヵ月経ってからだった。

妻鹿さんは長く詰めていた現場からいつの間にか事務所に戻っていて、一番東側の奥の席、向かいの神社の葉桜が見える窓を背にして座っていた。

「うんうん、半パのでいいよ。あ、トップはグリーンだから間違わないでね」

電話で業者と打ち合わせているらしい妻鹿さんの言葉は関西のものではなかった。そしてそんな言葉遣いのせいか、何となくまわりと隔たりがあるように見えた。普段、工事課のメンバーが長期の現場を収めて数ヵ月振りに事務所に戻って来ると、「おう、ご苦労さん」、「大変でしたね」と社員から労いの声が掛かったが、久しぶりに戻ったはずの妻鹿さんには誰も声を掛けず、また戻ったことも気に留められていないようだった。

「四月からお世話になっております。波多と申します」

傍らに近づいて、そう私が声を掛けても妻鹿さんは気づかず、無精髭の散った半開きの口から、やや大きめの前歯を覗かせてPC画面を覗き込んだままだった。

「あ、あの四月から……」と再び声を掛けると、ようやく妻鹿さんは顔を上げ、「あッ」と慌てて立ち上がり、「どうも妻鹿です」と頭を下げた。それからじっと私の顔を見て、少し間を置いてから照れ隠しのように含羞《はにか》みを見せた。

立ち上がった妻鹿さんは意外なほど背が低かった。塗料に汚れた作業ズボンの裾は何重にも折られ、それでも裾の端が擦れてほつれて、くたびれた安全靴の上に垂れかかっていた。癖の強い髪に僅かに白髪が混じり、――四〇、前後だろうか。色黒で彫が深く、太い玉のような下がり眉の、典型的な縄文顔をしていた。

「妻鹿さん、宜しくお願いします！」

私が妻鹿さんとまともに口をきいたのはその時だけだった。それから妻鹿さんはまたどこかの現場に入る為に事務所から姿を消した。そんな妻鹿さんを私は当然のように工事課の所属だと思い込んでいた。

「妻鹿さんは営業二課ですよ」そう私に教えてくれたのは多聞さんだった。

主に小工事を担う営業二課。調査から補修提案、一ヵ月ほどで終わる工事であれば見積を出し、営業担当がそのまま現場に入ることもあった。大規模工事を担う営業一課の私は、二課のメンバーと関わる機会は少なく、また社長の方針で営業担当は基本的にスーツだったので、いつも作業着の妻鹿さんを私が工事課だと思ったのは無理もないことだった。

妻鹿さんは、部署ごと、あるいは自然発生的につくられる社内のどのグループにも属さず、誰とも連《つる》むことなく、いつもひとりで淡々と業務をこなしていた。帰りに同僚と誘い合って飲みに行くことも、昼に誰かと食べに出ることもなく、事務所にいる時は席でひとり、自前の巨大なおむすびを頬張り、カップ麺を啜り上げていた。

勤続年数一五年以上。全員が中途入社の社員の中で、社歴は常務に次いで長いという。ところが業者会の慰労会や暑気払いといった会社行事に妻鹿さんはたいてい欠席していた。もはや諦められているのか、誰も気に留める風もなく、妻鹿さんだけは不思議と赦されているような空気があった。

「妻鹿さん、ご家族は？」詮索するつもりはなかったが、それとなく難波さんに訊いたことがあった。父親と、福祉作業所に通う弟の三人で市営団地に住んでいるという。そして二人ともが妻鹿さんの扶養に入っているということまで難波さんは話したが、それ以上を聞くことは流石に憚られた。

とにかく目立たず、不器用で大人しい。いつも事務所の東端、窓の前に座る妻鹿さんに私はそんなイメージを持っていた。

「あいつキレるからな」そう言ったのは妻鹿さんと同じ二課の花谷さんだった。「え、妻鹿さんですか?」と不快感を隠さず顔を顰めた工事課の佐藤は、「めっちゃ怒られましたよ。いや、わかんないっスよ」と呆れたように言う。そんな二人の妻鹿評は私には全く意外で不可解なものだった。何か二人に問題があったのでは、と考えてみたが、本人たちに心当たりはなく、理不尽だと思うからそういう言い方になるのだろう。

含羞みを見せた妻鹿さんとキレる妻鹿さん、そのふたつがどうしても私には結びつかなかった。ところがある日、私も妻鹿さんに怒鳴られた。

「誰か、高砂の現場に走れませんかあ!」という事務所の声に応え、私は言われた材料を軽四に積み、加古川バイパスを飛ばして高砂まで走った。そこは妻鹿さんの現場だった。仮設トイレの傍らで手を上げている妻鹿さんの前で車を停め、「悪いね」と言う妻鹿さんに「いえ」と答えて並んで材料の斗缶を下ろしていると、妻鹿さんがふと手を止めて、「あれ? 遅延剤は?」と私の顔を見た。その時、私は夏場の高温時に使うそれをまだ知らなかった。

「持って来たのはこれだけですが……」と言うと「この気温だろお? 考えろよッ!」といきなりもの凄い勢いで怒鳴られ、肱で胸を小突かれた。

突然のことに私は慌て、訳もわからず謝って「すぐに取りに戻ります」と言ったが、「それじゃ間に合わねぇんだよ!」と妻鹿さんは既に会社ケイタイを耳にあてていた。

妻鹿さんが事務所にどう伝えていたのかはわからないが、指示されたものは全て持って来た。もちろん私の知識不足もあったけれど、それでも言い方があるだろうと私はひどく不満だった。

「現場が大事なのはわかるんですけど」そんな経緯《いきさつ》を営業一課の青木さんに話すと、「あの人、そういうとこあるねん」と煙草を咥えた唇を歪ませた。現場のことになると妻鹿さんは見境がないという。恐らく同じようなことが、花谷さんや佐藤にもあったのだろう。そんなことを繰り返し、反発されて疎まれて、やがて孤立していったのか。社内では、現場の安全書類を担う多聞さんだけが、妻鹿さんと書類の受け渡しの際にいつも一言二言、言葉を交すくらいだった。

自分の一件に関しては、夏場の施工について知識不足だった私の落ち度もあるので、妻鹿さんを恨むつもりもなかったが、私はそんな妻鹿さんが不可解で怖ろしく、避けるまではしなかったが敢えて近づくこともしなかった。

その妻鹿さんがなぜ今になって登山部の山行に参加するのか。同じ二課のメンバーとも連むことなく孤立している妻鹿さんだったが、唯一、藤木常務とだけは気さくに話をしていた。「防水はあいつが一番わかってるよ」と藤木常務も妻鹿さんには特に目を掛けているようで、昨年、大手ゼネコンも音を上げた地銀の店舗の漏水問題を半年がかりで解決し、先方にその技量を見込まれて、姫路にある本店社屋の大規模改修工事を直接受注すると、常務は妻鹿さんの肩を抱いて「やったなぁ、おい！」と泣き笑いの顔を見せた。二人の間には相通じるところがあるのか、上司部下以上の関係があるようにも見えた。その藤木常務は今年一杯で勇退だった。

「おーい、波多くん」松浦さんはキャスターチェアを滑らせて近づき、声を落とした。「今度の山の後な、有馬で店予約しとるから着替え持って来いよ」

温泉ですか？　と訊くと、「藤木顧問の送別会や」と松浦さんは頷いた。

それで一一月の山行に妻鹿さんが参加する謎は解けたが、和気藹々の登山部に参加するのはやはり意外で、私にはどこか構える気持ちがあった。

ところが当日、集合場所の駅前広場に妻鹿さんの姿はなかった。

「ほな、いこか」と、それに構わず歩きはじめる松浦さんに、「あれ、妻鹿さんは？」と生徒のように手を挙げて栗城が訊いた。「横池で合流するんやと」と、のっけから山行計画に水を差されたかたちの松浦さんは忌々し気にそう言った。

東西に約三〇キロ。六甲山系には多くの登山口があって、またルートも無数にあった。

「あいつ、ほんまいっつも勝手しやがって。せっかく常務が誘ってくれたのに」顎を突き出して憤る松浦さんの肩を叩き、「いいじゃねェか」と常務は鷹揚に笑い「さぁ行こう、行こう！」と手を叩いてみんなを促した。

「常務が甘やかすからですよ」元工事課で、嘱託になってからはアフター担当。アフター工事についてはすべて把握しておきたい松浦さんにとって、現場のことは一から十まで、もちろんアフター対応までやってしまう妻鹿さんは癪なのだろう。

「こんにちはぁ」と下ってくるグループと挨拶をし、「どもォ」と追い抜いて行くトレイルランナーに道を譲りながら登山道を縦に並んで歩いていく。秋の週末の山はひどく混雑していた。

風吹岩まで来ると、久しぶりの参加の谷口さんは「ここ、ゴールにしません？」と岩に縋りつくようにして倒れ込んだ。それを栗城が面白がって「あ、撮ろ！ 撮ろ！」とスマホを構えて騒ぐ。そんな様子を眺めながら、繁みの中で煙草を吹かす藤木常務に付き合って私もボトルのお茶を飲んでいた。

「実はさ、妻鹿、」常務は言葉を切って唇を舐め、打ち明け話でもするように言った。

「あいつも山やってんだよ」

え？ あ、そうなんですか？ 妻鹿さんが今日の山行に参加した理由はわかったが、山にも登っていたことは初耳だった。山をやっている。だから今日も別ルートで登り、途中から合流なんてことを言い出したのか。

「毎週登ってんだってよ」青い煙を長く吐き出しながら常務が言うと、ちょうどビスケットを配りに来た多聞さんが聞きつけて、「え、誰がですか？」と訊いた。

「妻鹿さんだって」

「え、妻鹿さん？ 毎週ですか！」と多聞さんも驚き、「え、じゃ、なんで」と、これまで一度も登山部に参加しなかったことへの疑問を口にした。

それはもちろん、妻鹿さんだからだろう。そんな多聞さんの素直すぎる疑問に私が笑うと、靴の裏で煙草をもみ消しながら常務も笑った。

「ひとりがいいんだってよ」


風吹岩からの道の途中で草を踏むような脇道に入り、横池に出る。既に何組かのハイカーが畔のところどころにシートを拡げていた。

「こっちは時間通りや。あとはあいつやな」と言って松浦さんはあたりを見渡す。畔に座っているハイカーはいずれもグループ、あるいは二人組で、ひとりで座っている人はいなかった。

松浦さんは縁を見廻しながら池の東に移動して、砂地が緩く盛り上がった台地に立った。

「鳴るけど出ねぇわ」と常務はダメだと言うようにケイタイを振って見せた。

「なにしとんねん！　あいつ」松浦さんは足踏みするように斜面を降り、池の縁に立った。

「とりあえず休憩しよっか？」そう難波さんが言うので、みんなはその場に座り、ザックを降ろして脚を伸ばした。その間も松浦さんはずっと池の縁を歩き廻って周囲に目を向けていた。私はアウターのポケットから「新田テック建装登山部　藤木顧問送別登山」と題されたプリントを取り出して見た。松浦さんの計画ではここは休憩場所ではない。チェックシャツにニッカボッカ。ハイソックスにオールレザーの登山靴というクラシックスタイル。ザックを背負ったまま松浦さんは池の縁に立っていた。

「あ、あれッ！」と多聞さんが腰を浮かせて池の対岸を指す。見ると、葉群が迫る狭い池の縁を小柄な男が探るような足取りで歩いている。

「あれ妻鹿さん？」

顔まではわからないが背格好はそう見える。

「てか、どっから出て来たん？」谷口さんが首を伸ばす。

「妻鹿さぁーん！」多聞さんが声を出すと、男はこちらに顔を向けた。「あ、見た」

やがて男は広い砂地まで出ると歩調を速め、辺りに座っているハイカーの間を縫うようにして、こちらに向かって歩いて来る。それはやはり妻鹿さんだった。

「おぅーい！」と藤木常務が手を挙げると、やっと頭を下げた。

砂地にポツポツと足跡をつけながら近づいて来る妻鹿さんは、少し変わった格好をしていた。迷彩柄のブッシュハットこそありふれたものだったが、上はサウナスーツのようなプルオーバーのウインドブレーカー。下はライトグレーのカーゴパンツ。足首に脚絆を巻き、上履きのような薄い靴を履いている。背中のザックの他に、胸にも小さなバッグをつけている。肩のストラップからグローブを提げ、手にはピッケルを持っていた。その格好は六甲山に集まるハイカーとは明らかに異なっていた。

「来たな！」と笑ったのは藤木常務だけで、私を含め、みんな呆気に取られていた。全員の視線を小さい身体に集めながら妻鹿さんは近づいて来て、流石にきまりが悪そうに「すみません」と頭を下げた。

「遅いやないか！」

松浦さんはいきなり大声を出し、それにまた妻鹿さんは「すみません」と言った。しかし松浦さんと目が合った瞬間、ふと例の含羞みを見せた。「笑いごとやない！」とまた怒られて、半開きの口のまま黙った。

そんな二人に常務が何かを言う前に、「まぁ、まぁ、まぁ」と手をひらひら振りながら割って入ったのは栗城だった。

「迷っちゃったんですよね？　妻鹿さん」

聞けば油コブシから登って来たのだと言う。そこからどういうルートでここまで来たのか。いずれにしても、そうであれば既に少なくとも六、七キロは歩いていることになる。

「まぁええやん。とりあえず合流できたんやし」と難波さんも松浦さんを宥めているその間、私はずっと妻鹿さんの奇妙な格好を観察していた。経験者だと常務は言ったが、その格好は有り合わせのものをゴテゴテと身に着けて来たようにちぐはぐで、熟練ハイカーの、すっきりと洗練されたスタイルには程遠いものだった。

そして見ればカーゴパンツは、フラップポケットの数や配置から、それは会社で支給されている作業着に違いなく、また薄い靴は爪先が二股にわかれた地下足袋だった。

「てか、なんなんスか、その靴！」と、すぐに栗城が見つけて騒ぎ出し、妻鹿さんは困ったように足踏みして「いやぁ」と曖昧に笑った。

「しかもそれ、ウチの作業着じゃないすか？　いや、マジで何なんですか妻鹿さん！」

栗城のツッコミに笑い声がドッと起こる。

「おい！　遅れとるんや、行くで」松浦さんの声に促され、ようやく皆が動き出す。

その後も皆は珍獣でも捕まえたように妻鹿さんを取り囲んで歩き、栗城はウケを狙って妻鹿さんをいじり、それにまた笑いが起きる。ゴルフ場を抜けて雨ヶ峠まで、妻鹿さんをネタに盛り上がる後方の声を聞きながら、私は先頭の松浦さんについて歩いた。

「アカンわ。あぁいうのは」と松浦さんがこぼす。

「良くないですね、山であまり騒ぐのは」と私もそれに応じたが、「まぁ」と松浦さんは白くなった髪にのせたハンチング帽を被り直し「それもそやけど」と、ひと呼吸おいて言った。

「バリやっとんや、あいつ」

バリ？　私にはそれが何を指すのかわからなかった。が、すぐに松浦さんから「な、アカンやろ？」と同意を求められたので、「あ、それはダメですね」と思わず答えてしまった。

「加藤文太郎気取りか知らんけど、ソロでちょっと慣れてきた連中が勘違いして、ああいう勝手なことして事故起こすねん」

——バリ。聞き慣れないその言葉を私は頭の隅に措きながら、苦り切った松浦さんの言葉をしばらく聞いていた。

一回目の山行ルートをなぞって草原の広がる東おたふく山で昼休憩をし、そこから七曲ルートで山頂に向かう予定だったが、昼食の後、コーヒーを飲みながら松浦さんと槇さんとの間で相談があったようで、そこから槇さんのガイドでルートを変えた。黒岩谷の西尾根を辿ると言う。

岩を踏んで小さな流れを渡り、尾根筋を登る。ナイフリッジを思わせる突き立った狭い尾根道に足を縦に並べ、幹を支えにゆっくりと歩く。ロープを垂らした崖もある刺激的なルートだった。「すごーい！」と言う多聞さんもこのルートは初めてのようで、「ちょっとベテランルートです」とルートがウケた槇さんは得意気だった。

九三一メートル。標識の立つ山頂で藤木常務を中心にして全員で写真を撮る。少し気温も下がり風も出ていた。記念撮影もそこそこに魚屋道で有馬に下る。

「ほな、有馬へのルートは下やから」と松浦さんが先導して下の茶屋まで戻ろうとすると、「松浦、ちょっと別のルート行かねェか？」と言ったのは藤木常務だった。

はぁ、と顔を上げた松浦さんに「奥にルートがあんだよ」と山頂広場の奥を指さし、付き人のように傍らに立つ妻鹿さんに「な？」と声を掛けた。妻鹿さんは黙ったまま、しかしはっきりと頷いた。

おそらく藤木常務は、ルートがウケた槇さんのように妻鹿さんにも花を持たせてやりたい胆《はら》だろうが、「ありませんよ、そんなルートは」と、松浦さんは地図を拡げながら呟き、気乗りしないようだった。

山頂広場の奥、「ここです」と妻鹿さんが指さす草叢には確かに踏み跡があった。

「なんかおもしろそう！」と多聞さんが最初に言い、谷口さんも踏み跡を覗き込んだ。

「冒険しちゃいますか？」と栗城。「ちょっとだけならええんちゃうのん？」と難波さんも言うので松浦さんも渋々承知した。

そこからは妻鹿さんが先頭になって踏み跡に分け入って下った。多聞さんのアプリの地図にも私の地図にもそこにルートは無く、山頂には数組のハイカーがいたが誰ひとり降りて来ない。妻鹿さんの後について進むと、徐々に踏み跡も怪しくなった。隈笹に膝が埋まり、足元も見えなくなったが、「サバイバルって感じ！」と多聞さんにはそれが面白いようだった。

隈笹が覆う斜面から木立に入ると更に傾斜がきつくなった。樹の幹を手掛かりにして降りていく。「ちょ、めっちゃ急やん！」と谷口さんと多聞さんは互いに手を取り、引き合うようにして下る。山の北側だからか、あたりは薄暗く心なしか気温も低い。ハイカーの声も絶え、聞こえるのは山鳥の啼き声や梢の揺れる音だけだった。

「もし、もーし。ちょっと危なくないっスかね、コレ」と冗談めかして後ろから栗城が声を掛ける。すると妻鹿さんは振り向いて例の含羞みを見せたが、何も言わず進んで行く。

わッ！　と前方で声がして、誰かが足を滑らせたらしい。

「妻鹿さん、ちょっとペース速いですよ！」谷口さんの声がした。最後尾についた松浦さんの顔は見えないが、その表情は強張っているに違いない。確かに踏み跡はある、なのでここもルートなのかも知れないが、そもそも登山地図に載っていないような径《みち》を歩いても良いのだろうか。

勾配が緩く、樹林も疎らになった場所で先頭の妻鹿さんが立ち止まるのが見えた。列が伸び、バラけた一行がやっと追いつき、「ちょっと一回——」と谷口さんがひと息入れようとすると、妻鹿さんはすぐ「こっちです」と今度は全く踏み跡すらない藪の中に踏み入ろうとする。

「ちょっと妻鹿さん！」堪りかねたように谷口さんが声を上げたが、「あとちょっとですから」と妻鹿さんはことも無げに言って、手にしたピッケルで藪を払いながら先に行く。

「やっぱアカンねんて、こういうの！」いつの間にか私のすぐ後ろに来ていた松浦さんの声は苛立っていた。

樹林に翳る藪を掻き分けて歩き、「これ大丈夫かな？」と流石に多聞さんも口にした時、ふとあたりが明るくなって、土手を踏み越えると登山道に出た。

「あッ！　え、ここに出るんですか！」と多聞さんがあたりを見廻して驚いている。私もすぐにアプリで現在地を確かめると、それは有馬に下る登山道だった。道の脇の繁みから全員が出て来るとすぐ、松浦さんが皆を押し除けて妻鹿さんに詰め寄った。

「おいッ！　妻鹿！　危ないやろ！」

松浦さんの勢いに妻鹿さんもただ目を瞬いていたが、すぐ「……すみません」と呟いた。

「悪かった、悪かった。俺が言い出したんだ。まぁちょっと探検だよ」と藤木常務が詫び、「ちゃんと登山道に戻れましたしね」と多聞さんも言う。

「アカンねん！　あんな場所で誰かが怪我したらどうする？　こういうので事故起こるねん。そもそもお前、今朝も勝手に別ルートで――」松浦さんは溜め込んでいた憤懣を一気に吐き出すようだった。

「まぁまぁ松浦さん、とりあえず行きましょうよ。ね、温泉、温泉！」とそこにまたハンドタオルを頭にのせた栗城が割って入ってはしゃいで見せて、松浦さんに「アホか！　お前は」と怒られ、やっと場が収まった。

松浦さんを先頭に有馬までの道を下る。みんな気を遣って、今度は松浦さんのまわりに集まった。振り返ると、いつの間にか妻鹿さんは追いやられたようにひとり最後尾を歩いている。そんな妻鹿さんを私は少し気の毒に思った。

「でもなんか、ちょっと新鮮でした」

横について私がそう話しかけると、妻鹿さんは驚いたように眉を持ち上げ、小さく笑った。「怒られちゃったけどね」

山は地図に載っている登山道しか歩けないものだと思っていたし、また歩いてはダメなものだと思っていた。しかし妻鹿さんは、登山道はもちろん、抜け道の場所やその地形まで熟知しているのか、微かな踏み跡から入って藪の径を辿り、手品のようにまた登山道に抜けて見せた。

「妻鹿さんって、毎週登ってるんですよね？」

え？　という顔をした妻鹿さんに「あ、いや常務が言っていたので」と付け加えると、あぁ、と表情を緩め、「いけるときはね」と含羞んだ。

「なんで地下足袋なんですか？」私は気になっていた格好について訊いた。

「ああ、コレね」と妻鹿さんは片足を持ち上げ、寒くなるまでは登山靴ではなく「コレ」なのだと説明を始めた。岩場を歩く時は厚底の登山靴よりも岩間に足が掛けられて便利で「とにかく軽いし」、それに土や落葉の上を地下足袋で歩くのは、単純に「気持ちいい」と言う。〝ヤッケ〟と書かれ、ホムセンのワゴンで売られていそうなウインドブレーカーは、まさにホムセンで買ったヤッケで、九八〇円だと言う。「良いんだよコレ、軽いし安いしさ」それから胸につけたチェストバッグ。中には地図やホイッスル、アメ、コンパス、充電器──。そんな細々《こまごま》したものが入っているという。両肩のストラップに提げられたグローブはすぐに装着する為の用意で、ピッケルは急斜面を登る時に使う。伸縮式の柄を伸ばせばストックにもなる。「これがほんと最高でね」

いちいち私が訊くからだろうが、妻鹿さんは自分の装備についてひとつひとつ丁寧に解説してくれる。「ホムセンにある道具もさ、けっこう山で使えるんだよね。安いし」

海外のアウトドアブランドのウェア。デザインやカラーリング、そういう私のこだわりと妻鹿さんのこだわりはまた別のものだった。妻鹿さんのそれは、全てああいう径を行く為のものなのだろう。

──バリ。バリってなんですか？　私がそれを訊こうとした時、多聞さんが前方から下がって来た。「ね、妻鹿さん！　アプリ、ヤマップやってないんですか？」

「俺はヤマレコ」

「あ、わたし、ヤマレコもやってます！　アカウント教えてくださいよ、妻鹿さんのルート見たいです！」

しかし妻鹿さんはアプリはあくまで記録用だと言い、誰もフォローしてないからと頑なにアカウントを教えようとしなかった。「えぇー、教えてくださいよぉ」と多聞さんも食い下がったが、妻鹿さんは曖昧に笑うばかりで教えようとしない。「おーい、はやく来いよぉ」いつのまにか前と間が大きく開いている。魚屋道の東屋の前、ストックを上げる常務の声が響く。有馬はもう近かった。

有馬では難波さんが旅館の宴会場を予約していて、みんな温泉で汗を流してから宴会場に移った。「本来であれば――」と最初に松浦さんの話が長く続いて、次に紹介されて藤木常務が立った。六七歳の藤木常務は勤続四〇年。先代の起こした新田防水商會から勤め、代が替わってからは現社長の目付け役。あと二年、そんな勇退の話が、今年の初め、急に年末までと決まった。早まったのは体調を理由に常務自ら申し出たということだったが、その実情はわからない。元々は部長で、勇退が決まると常務に昇進した。もちろんそれは登記のない〝みなし〟だったが、「元会社役員」というリタイヤ後の肩書は、「社長からのせめてもの餞やろな」と松浦さんは言った。

「私の出身は山形の田舎でございますが――」現にこうして山に登っている常務は壮健そのものだった。一昨年、社長は今さら「選択と集中」を掲げ、大口取引先のアーヴィンHDの現場に工事課の人員を集中投入すると公言した。貸しビル業をメインに、飲食、ホテル観光事業など手広く展開するアーヴィンHDは多くの不動産を保有して、その保守管理の為に社内に施設課を持ち、設計施工を請負う子会社まであった。

その子会社の代表取締役でアーヴィンＨＤ役員でもある角氏と社長は俄かに関係を深め、修繕工事の計画があれば、相見積り無し、ほとんど単独指名で任せられるようになっていた。しかし元請には角氏の会社が入り新田テックはその下請で、利益率の良い仕事とは言えなかった。それでも営業の必要がなく、仕事が切れることはないので、売り上げだけは確実に見込みが立つ。

「下請工事であっても、見通しのきく大口顧客に会社のリソースを投入するのは当然です」と社長は力説した。大規模現場を担える工事課の人員は限られている。アーヴィンの現場を優先するのであれば小口の取引先からは手を引かねばならない。

藤木常務と社長の関係に異音が出始めたのはその頃からで、「いいんじゃねェか」と言うのは常務の口癖だったが、どうしてもそれは「いい」とは言えない方針転換だった。

「おっかしいでしょぉ！」そんな常務の声が社長室から漏れ聞こえることが多くなった。

先代の社長とともに直接営業、顧客の幅を拡げて来た常務は、それらを営業課に引き継いでからも、工事課から人員を選抜して「営業二課」をつくり、手間ばかり掛かって儲けにならない小修繕の対応を自ら続け、接ぎ木するように永く関係を保ってきた。小口の取引先の修繕工事は単発で次から次と仕事があるわけでなく、大手業者は相手にしない。しかしそれらは先行投資で、建物の大規模修繕は十数年毎に必ず巡って来る。手間仕事の小修繕に多少経費を掛けてでも、その収支は長い目で見るべきだと常務は主張した。

しかし急激に変動する業界の中でそんな悠長なことは言っていられない。中小の改修業者が生き残るにはアーヴィンHDのような大企業としっかりと連携すべきだというのが社長の考えだった。

「ご決断されたからには尊重しますよ」昨年末の全体会議で、藤木常務はそう言って潔さを見せたが、先代の時代から地道に足を運んで開拓した取引先の仕事を辞退するのは身を切られるような悔しさがあるはずだった。そして翌年度からは、そんな小口取引先からの漸次撤退が決まった。そんな営業方針に、私も営業担当として顧客からの依頼を断らねばならない立場の不満を常務に訴えると、「うまく断るのも営業の仕事だろぉッ」と怒鳴られたのは、そんな常務の悔しさの表れだろう。

「コンプライアンス重視、可視化社会、業界再編。時代は今、刻々と変わっております。われわれ改修業者もこれまで通りでは――」そんな藤木常務の最後の熱弁をみんな黙って聞いていたが、それを耳の先まで顔を真っ赤に染めて、倒れそうなほど前のめりに聞いていたのは妻鹿さんだった。

また昨年から社長は、やはり工事の安定受注を目指すという名目で大手ゼネコンの業者会に入った。そのパイプ役にサブコンから植村氏を引き抜いて来て、統括部長に据えた。それは更に下請工事を増やし、既存の取引先を等閑にする流れだった。社長にしてみれば、そんなことにいちいち反対する常務が煙たい。数回の登山で私が知り得たのはそんな話だった。

「老兵は死なず、ただ消えゆくのみ。会社を辞めても死ぬわけじゃありませんので、また誘ってくださいい」最後はそう笑って常務は締めた。

飲み会は大いに盛り上がり、艶《あか》い顔をした松浦さんがビール瓶を持って注いで廻り、大声で笑っている。互いに膳を引き寄せ集まって、日ごろ吐き出せずに溜まっていた仕事の鬱憤をネタに盛り上がった。久しぶりに私も飲んで、槇さんや難波さんとアプリで山行記録を見せ合って、すっかり妻鹿さんのことなど忘れていたが、急に「ヒィッ」という悲鳴に似た声に驚いて振り返った。

宴会場の隅、藤木常務と額をぶつけ合うほど顔を寄せ合った妻鹿さんが指先で目頭を摘まむように押さえていた。思わず私は目を逸らした。もちろん酔っているのだろうけれど、中年男のそれはあまりに剝き出しだと思った。激してキレて昂って泣く。妻鹿さんは人前であってもそういうことを躊躇わない人なのだと思った。背中を丸めた妻鹿さんの肩を叩いて、言い聞かせるような常務。そんな二人の様子を盗み見ながら、私は自分の入社面接のことを思い出していた。

「じゃ、結果は追って――」と言いかけた社長を遮って、「いいんじゃねぇすか？　社長。ね、波多さん、一緒にやろうよ」と部長だった藤木さんはそう私に声を掛けてくれた。地場の改修専門の建築会社。創業から半世紀を超す老舗企業とは言え、社員数は五〇名に満たず決して大きい会社ではない。迷いもあったが、それでもそんな藤木部長の心意気に打たれてその場で私は頭を下げた。

その後も何かと気に掛けてくれ、私が現場の積算や見積に苦慮していると、「どうしたよ？」と後ろから覗くのはいつも藤木部長だった。私の段取りミスから現場で職人に凄まれ、終いに業者に撤収されるという事態になった時にも、藤木部長がすぐ飛んで来て業者と話をつけてくれた。「悪りィな、また別の現場で返すからよ」とポケットの中の小銭をジャラつかせながら業者と電話で話す部長に「すみませんでした」と頭を下げると、「いいんじゃねェか、こういう経験も」とカラカラ笑い、缶コーヒーを買って来い、と温くなった小銭を渡された。

そんなことが、私などよりももっとたくさんあっただろう妻鹿さんは、拗ねたような表情のまま常務の言葉に耳を傾けている。

「おい、波多、波多ぁ！　来い！」ビール瓶を掲げた松浦さんが手招きしている。私は松浦さんが注ぐビールをグラスに受けた。

「ね、波多さん、コレじゃないですか？」

翌朝、出勤してきた多聞さんはスマホの画面を私に見せた。登山アプリの画面。アカウント名は〝MEGADETH〟。「ほら、メガデスゥって」多聞さんは舌の先を噛んで言う。MEGADETHはアメリカのヘヴィメタルバンドだ。メガデス。妻鹿です。妻鹿をもじってそんな名前にしているのか。アイコン画像は未設定のままだった。プロフィールを開く。現住所は神戸市。男性。B型。それ以外には何も記されていない。

「ほら記録が六甲山ばっかりで毎週。全部めっちゃ変なルートですもん」多聞さんは山行記録を開いて画面をスクロールさせる。「これ昨日の、油コブシからずうっと横切って横池。で、山頂でしょ？　それから有馬に下りてますもん。間違いないですよね？　これ絶対妻鹿さんですよー」

六甲ケーブル下駅の脇から山に入って油コブシまでは通常の登山道。しかしそこからは登山道を外れ、全くデタラメなルートをひたすら東に猛進している。

「なんかめちゃくちゃなルートばっかりで、おもしろいですよ」

多聞さんは口に手をあてて笑った。妻鹿さんは既に現場に出ていた。妻鹿さんの座席の椅子は立ち上がった時の角度で背もたれが少し左にずれて静止していた。

「あ、波多さん、コレ内緒ですよ。言うと妻鹿さん、アップしなくなっちゃいますから」

昼休みに私はすぐ自分のアプリで〝MEGADETH〟を探し出し、その山行記録を見た。

確かにそれはほとんど週一回のペースで登っている。記録用だと言っていた通り、自身は誰もフォローしていなかったが、フォロワーだけは四人いた。そんな彼らは〝MEGADETH〟のひそやかなファンなのか、山行記録には「拍手マーク」がいつも控えめにパラパラとついている。

山行記録のタイトルのほとんどに「バリ山行」と書かれている。「バリ山行　再度山から西へ」、「バリ山行　水晶谷から杣谷川」、「バリ山行　蛇谷北山南側アタック」。距離は長くても十数キロ。それほど長い山行をしているわけではない。しかし全て単独。大阪や奈良、兵庫県中部の山も混じってはいたが、ほとんどは六甲山だった。ルートと一緒にアップされている何枚かの画像には眺望は僅かで、鬱蒼と繁茂する藪や樹木、白く乾き散乱する朽木、岩が堆積する峪間《たにま》の涸沢、そんな荒涼とした風景ばかりが写っていた。薄灰色、枯草色、暗緑色。いずれも色彩に乏しく、何かの残滓のように雑然としていた。

――バリって何ですか？　あの時に訊けなかった問いが、私の中で甦った。

「バリっていうのは、バリエーションルートの略ですよ」

珍しく現場に出ていた槇さんは昼前に事務所に戻って来て、デオドラントシートで丹念に首筋を拭い、それをまた丁寧に折り畳んで丸い顎の下にあてた。

バリエーションルート。バリルート。そんな言い方もするという。通常の登山道でない道を行く。破線ルートと呼ばれる熟練者向きの難易度の高いルートや廃道。そういう道やそこを行くことを指すという。「でも明確な定義は無いんじゃないかなぁ。ちょっと珍しいルートでもバリエーションと言っちゃう人もいますし。逆に踏み跡も無くて、ルートにもなっていない沢沿いとか尾根伝いとか、地形図を見て、登れそうなところ、行けそうなところを進んでいく完全ルート無視の山行――」そんなものを含めて指すこともあると言う。

「でも、そういうのっていいんですか？」ただでさえ遭難事故の多い登山で、自ら進んで事故を引き起こすようなことをしていいのだろうか。

「あかんよ」

頭の上で声がして振り向くと、古い大判のＡ１図面を抱えた松浦さんが立っていた。

「せやからあかんねんて、そういうのは。妻鹿やろ？　俺は藤木さんにも言うたんやで。アレはあきませんよって。あんなもん危険行為やで。現場で言うたら不安全行動で、一発退場や。登山は紳士のスポーツや。せやからちゃんとルール守ってやらなあかんねん。ルールて何んや言うたら安全や。登山道を歩くなんて当たり前やねん。だいたい俺はソロ登山もどうかと思うねん。ひとりで登って、何もなかったらええけど、うっかり峪に滑落したらどないする？　職場にも家族にもごっつい迷惑かけるやろ。想像力が足りんねんて。事故には全部原因があるんやで」

電話に呼ばれ、松浦さんが離れて行くと、それを目で追いながら槇さんは声を落として言った。

「……でもね、ホントは山に道なんかないんですよ。昔の人はそうやってルートファインディング、もちろんそんな言葉もなかったけど、山に入って沢沿いとか尾根伝いに、歩けそうな径を探して歩いたんだよね。だからある意味でバリエーションっていうのが一番本来の山登りに近いのかもね。登山っていうのはちゃんと整備された道を、ある意味で僕らは歩かされているんですよ。僕の昔の仲間にもね、そういうのが好きなのがいますよ。まぁ確かに危ないし、マナー違反だ、自然を荒らすなって、松浦さんみたいに言う人もいるけどね」

大学登山部出身で、海外の山にも登ったことがあるという槙さんは松浦さんの前ではあまりその話をしない。

低山バリエーション。そんな言葉もあると言う。低山の六甲山のバリはそれにあたるのだと言う。その場合、樹木のある低山の方が却って危険という意味らしかった。

バリ。妻鹿さんの山行はまさにそれなのだ。毎週末ひとりで山に分け入ってそんなことをしている。

バリエーションルート。バリ。帰りの電車の中、ネットで調べると、確かにそんな山行を危険行為、迷惑行為だと批難する意見もあった。それは松浦さんの苛立ちと同じなのだろう。妻鹿さんらしいと言えばらしいのだが、妻鹿さんは普通の登山にあきたらず、そんなことをしているのか。混み合う車内から黒く横たわる六甲山脈を見た。

通勤の行き帰り、あるいは営業車の中で、私は連日アプリを開き、妻鹿さんのこれまでの山行記録を追った。ルートはいつも途中から迷い込むように登山道を逸れ、山の中に入って行く。尾根を伝って峪に降り、その峪を遡上してまた別の尾根に這い上がる。もちろんそれらは地図上で登山道とされていない場所だった。

気がつけば私は妻鹿さんの山行記録をすっかり見てしまった。三年前の夏からはじまる記録は最初から「バリ山行」なので、それは妻鹿さんが山を始めた時期ではなく、アプリを始めた時期なのだろう。妻鹿さんはいつから、何故そんなことをしているのか。バリってなんですか？　やはり私は、それを妻鹿さんに訊きたかった。

一二月一八日。社員の前に立って最後の挨拶をした藤木常務はもはや多くを話さなかった。「みなさんを信じております。後顧の憂いはありません。ありがとう！」その顔は晴れやかだった。上半身が隠れるほどの大きな花束を渡されて、事務所内から階段まで社員が作る花道の中を通り、藤木常務は会社を去った。

その二日後、「新体制」と題された簡単な組織図が配られた。営業一課、二課は廃止され、営業課はただの営業課になった。「担当は植村さんと調整しとるから」と、近々に営業方針も含め大幅な会社方針の変更があることを服部課長から知らされた。常務が去ってすぐ、その手際の良すぎる体制変更に私は胸騒ぐものを感じた。小口の顧客を多く抱える二課メンバーへの影響は大きいはずだった。もちろん妻鹿さんもそれをわかっているはずだったが、相変わらず朝早く現場に出て、担当エリアの播州方面の顧客を廻って夕方遅く、「……戻りましたぁ」と事務所に戻って来る。そして週末には山に登るのだった。

午後七時。私は見積を作る手を止め、身体を起こして息を吐いた。スマホに手を伸ばしアプリを開く。妻鹿さんの先週の山行記録。立ヶ畑ダム周辺から山に入って極楽谷、それから鍋蓋山を独自のルートで登り、あたりを彷徨いながら北に向かい、峪から街に出て、神鉄鈴蘭台駅の手前でログが消えていた。

目を上げると、妻鹿さんがいつの間にか事務所に戻っている。いくつかの机の島を隔て、積まれた書類の山の向こう側で妻鹿さんはPC画面に目を落としている。軽く開いた口の隙間から前歯が覗いている。その様子は以前と変わらなかった。常務が去って部署が変わり、やがてその業務も変わる。妻鹿さんには私以上に不安があるに違いなかった。

――お疲れ様でした。そんな言葉を掛けるタイミングを逸してひと月以上。もう今更過ぎるけれど、私と妻鹿さんにはそれくらいしか話題はない。印刷した見積書をプリンターに取りに行ったついでに、私は妻鹿さんに声を掛けた。

「先日は、お疲れ様でした」

妻鹿さんは意外そうな顔を上げ、その「先日」が何を指すのか考えるように私の顔をしばらく覗いていたが、すぐ「あぁ、おつかれ」と軽く笑った。

私も何も考えずに声を掛けてしまったが、妻鹿さんも別に話をひろげようともせず、そんなことに気おくれして一秒二秒、私は妻鹿さんの傍らに立ったまま話題を探して奥歯を舐めていた。しかし妻鹿さんはそんな私を気にする風もなくPC画面にまた目を戻し、現場調査で使うマスキングテープを手で弄んでいる。現場には似つかわしくないチェック柄のブルーのマスキングテープ。それは数日前、多聞さんが、「ないない」と言って探していた神戸タータンのマスキングテープなのかも知れない。

「……妻鹿さんは、バリをやっているんですか？」

アプリで山行記録を見たとは言えず「あの時、山頂から」と言い足した。

「ん？　うん、そだよ」と画面を見たまま表情を変えずに答える。

「おもしろいですか？」

「ん？　まぁねえ」

私は妻鹿さんにもう少し手応えのある反応を期待していたが、妻鹿さんはバリについて話をするつもりはないようだった。肩透かしを食った私はうまく話を繫げられないまま席を離れた。

年明け、全社員参加の全体会議が開かれた。営業課はもちろん、現場のある工事課のメンバーもその日は早めに会社に戻るように指示があった。久しぶりに全社員が顔を合わせ、社内は宴席のような賑やかさだったが、植村部長から新方針が発表されるとすぐに静まりかえった。

元請工事からの撤退。それはあまりにシンプルで、また極端な方針変更だった。自社直接受注を止めて、アーヴィンＨＤ、ゼネコン、建物管理会社、それらの下請となって工事の安定受注を目指す。小口の顧客を減らすという流れはそのままで、工事を任せてくれていた大口の顧客からも漸次撤退。例外はあるとしたものの基本的には今後一年をかけて完全に撤退するという。

元請工事が減ることは予測していたが完全撤退というのは予想外だった。営業課からも工事課からも唸るような動揺の声が洩れた。調査中の案件、受注予定の案件は？　そもそも営業活動はどうなるのか。ゼネコンの施工基準に対応できるのか。管理会社の仕事は対応の過負荷と利益率の低さから過去に一度撤退しているが、なぜまた再開するのか。

そんな疑問と反発の声の噴出に先手を打つように「いろんなご意見はあると思いますが」と社長が口を開いた。これまでの客先に日参する「御用聞き」のような営業手法はもう古い。今後は元請業者と「ビジネスパートナーとして連携」し、安定経営を目指す。現場での勘や経験に頼る施工ではなく、ゼネコンの施工基準や管理体制を学び、「成長しないとダメなんですよ」と社長は語った。

途中から説教口調になった社長の話が終わると、植村部長が改めて新方針の趣旨を説明した。「営業方法、現場管理、材料。ムダの徹底削減です」建築屋らしからぬ細面で、線の細い植村部長は珍しく作業着を着ていた。臍の上まで吊り上げたズボンをベルトできつく締め、縁なしの眼鏡をしきりに二本指でずり上げながら話す声には熱がこもった。

元請工事を止めて下請工事に徹すれば、利益率は下がるが受注は安定する。数字の見込みが立つというのは経営側にとってはやりやすいのだろう。毎月、毎月、営業の進捗を追い、受注予測に神経を擦り減らして資金繰りを考える。見込みの案件が期中に入るのか、来期に持ち越すのか。思いがけず受注できることもあれば、またその逆もあるわけで、日々そんな胃が縮むような経営の苦しみは私にはわからないが、下請工事に徹することでそれらが解決するとは思えない。

全体会議の後、部署ごとに分けられ営業課は小会議室に押し込められた。

「これからは戦略的に計画を立てて、効率よく受注しましょう。ムダを省きましょう。現場の問題も個人で抱え込まないでください。問題は会社で対処します。そして皆さんももっと早く帰ってください。社長も仰っていますが、いずれは完全週休二日も考えていきます」

徐々に耳触りの良い話になってくる。聞いている社員の顔色も変わる。もう顧客を廻らなくても口を開けていれば、とまではいかずとも元請業者から工事が入ってくる。これからはその元請の担当者と「うまくやる」ことが仕事になる。

しかし新たに取引を始めるゼネコンや再開する管理会社からの数字はすぐには期待できない。結局はアーヴィン頼みだった。そのアーヴィンＨＤの昨年の秋工事は延期になって春工事になっていた。

「それで来期の売り上げは大丈夫でしょうか？」営業担当から声が上がる。

「また説明しますけれど」既存の顧客も、継続的に工事が見込める客先は「主要顧客」としていくつか残し、その選定は今まさに「慎重に」進めているところだと言う。

「既に受けた依頼は、何と言って断ったらいいんですか？」

「人員不足や。その一点張りでいけ。事実やろ？」ここでやっと服部課長が口を開いた。

「今やってる漏水の補修対応とかは？　梅里物流の」

「あれ保証外のやつやろ？　そういうのはどっかでカタつけて手離れせえ。これからはアフターの保証も厳格にいくからな。ムダ削減や。勝手に松浦さんに頼むの禁止な。まず俺を通せ。はい、次――」

それも打ち合わせ通りなのか、質疑には服部課長が立った。元ラガーマンの課長は幅広の背中を顫《ふる》わせ、響くような大声で応える。「そらむちゃですわ」と元請工事の撤退に断固反対するベテラン社員もいたが、汚れ役を買った服部課長は次々と出る不満や疑問を撫で斬りにしていく。途中から社長も同席して質疑は熱気を帯び、狭い会議室は人熱《ひといき》れに蒸《む》せて、いつしか窓ガラスは薄っすらと曇った。

その後、駅前の焼き鳥屋に場所を移して営業課の決起集会が行われた。

「お前らなあ！　社長の前でなに眠たいことぬかしとんねん。やりたい、やりたないちゃうんじゃ。やるんじゃ！　カネ貰ろとんやろ、学校とちゃうんや。嫌なら辞めろや」

席に着くなり服部課長は怒鳴った。飲む前から顔を赤くして全員の顔を睨《ね》めつけながら唾を飛ばしていたところで、ふと気づいた。「なんで妻鹿はおらんねん」

顔を見合わせ誰もが口を噤む中、「なんででしょうねえ？」と笑いながら答えたのは栗城だった。あの話の後でこの会に参加しないことなど到底考えられないことだった。今回ばかりは流石の妻鹿さんもいるものだと私も思っていたが、ぐるり卓を囲む営業課の面々の中にその顔はなかった。翌、第二土曜日は休日。妻鹿さんは山に登るはずだった。


新方針の発表。そんなことがあって社内が騒めき、登山部の「年明け登山」は二月に延期された。ところがその二月の登山にも「冬は寒いので登りません」と言う多聞さんに倣って谷口さんたち女性陣は不参加だった。となると栗城も来ないと思ったが、「いこっかなぁ」と意外にも参加すると言い、メンバーは松浦さんと槇さん、私と栗城の四人だった。

鉄塔の脇の径を登り樹林を抜け、視界が開けた場所に出た。気温は低かったが登ればすぐに暑くなった。岩の上に座って松浦さんは帽子を取った。私もアウターを脱いで汗を拭い、ボトルの水を飲んだ。

「せやけど大胆なこと考えたよな、植村さんも」水筒を手にしながら松浦さんは口をひらいた。元請工事からの撤退。そんな大方針転換の前情報は松浦さんや槇さんにも全く入ってこなかったという。

「言ってることはわかるんですけどねえ。植村さん流の、大手のやり方っていうんですかぁ？」薄い笑みを浮かべたままで槇さんは言う。「でも、そういうの、ウチで上手くいきますかねぇ」

「ま、逆に今までが上手くいきすぎてたんかも知れへんで。たまたまずっと仕事取れてきたけど、やみくもに営業しても、これからはどうなるかわからんからな。下請でぼちぼちやっていく方がええのんかもな」

「やみくもでもないですよ」そう私は反論したかったが、今後はアフター対応も安易に受けず、原因を精査して工事保証を厳格化する。するとアフター担当の松浦さんの負担は確実に減る。そんな方針を打ち出した、自分と同じサブコン出身の植村部長を松浦さんは支持しているようだった。

建物の大規模改修サイクルはおおよそ一〇年。その間に先方の担当者も代わり、修繕計画があったことすら忘れているようなところを追いかけていくのは気の長い営業で、ムダになることも当然多かった。が、一〇年がかりで狙い続ける戦略は強《したた》かと言えば強かだった。藤木常務の机の上には、小口が荒れて膨らんだノートがいつも置いてあった。そこには顧客の建物の修繕履歴が全て記してあり、それを見れば、いつどのタイミングで、どこに営業をかければ良いのかがわかる。ノートの内容が事務担当の手でエクセルデータ化され、服部課長に引き継がれたのは三年前だという。それはちょうどアーヴィンHDからの大規模工事の依頼が来るようになった頃と重なる。常務が集めた記録は活かされぬままになっているのだろう。

「でも秋工事のアーヴィンの現場、延期になりましたよね」せめて私は釘を刺すつもりで言った。

「それはちゃんと社長が角さんと打ち合わせしとるやろ」

「その為の三本柱でしょうけど、ゼネコンと管理会社、どっちも大変ですよぉ」と槇さんはやはり笑みを含んだまま言った。そんな懸念はもちろん、私はこれから客先からの依頼を断り続けねばならないことも気が重かった。

下方から話し声がする。樹木の隙間からネオンイエローとワインレッドのウェアがチラチラと見えて、賑やかに談笑する声が聞こえてくる。やがて栗城が見知らぬ山ガールグループと登って来るのが見えた。

「せやけど、ああいう能天気なやつもおるがな」

松浦さんはストックをついて立ち上がった。

ちょっと今、人員がおりませんので――。そう言って私は客先からの依頼を断り続けた。どうしても一度見に来て欲しいと言われれば、不具合箇所を見て「経過観察」にした。提案していた工事についても「もう少し経過観察しましょう」、「施工効率を考えると、今は経過観察の方がいいですね」と言って提案を取り下げた。そうやって煙に巻いて、後じさりするように顧客からの撤退を進めた。

「オレは電話で断ってますよ。すんませぇーん！　って」栗城は私よりも取引先との付き合いが短いせいもあるのだろうが、こういうところもこの男の強さだと思った。栗城は新体制の主軸のアーヴィンの担当になり、配属を聞いて「よっしゃあ！」とまわりを憚らずにガッツポーズをした。そして私は建物管理会社担当、妻鹿さんはゼネコン担当になった。

私は服部課長に連れられてマンション管理会社のいくつかを廻り「営業課第三グループ」という新しい名刺を渡した。「こいつ対応力ありますんで、ドンドン言うたってください」言いながら服部課長が私の背中を叩くと、担当者の男は「あ、じゃあ、ちょうど今」と資料を取りに席を立った。

そんな調子で案件はいくらでも出て来た。伊丹市築三五年四六戸低層マンション、豊中市築四二年三一〇戸団地型六棟、芦屋市築二三年六五戸――。調査依頼や見積依頼は次から次に送られて来る。しかしその実態はわからない。それがどこまで具体的な案件なのか。計画に則ったものなのか。「調査してみましょうか？　無償ですから」というような客先へのご機嫌伺いから出た「薄い」話もあるはずだった。ただ概算を把握したい為に見積依頼をしている可能性もある。もっと言えば他社の叩き台にされていることすらあるかも知れない。出した見積書がいつ使われるのか、そもそも受注に繋がるものなのか。それは下請の我々にはわからない。

「アホか！　そこをうまいこと聞き出してプッシュして、あいつらに受注させてこっちに仕事廻させるんが、お前の仕事やろ。うまいこと付き合え、飲みに連れてったれ」服部課長は吼えた。

現場に行き調査をし、報告書あるいは見積書を作って私は元請となる管理会社に提出し続けた。「お、張り切ってますねえ」次々に持参する見積書に社印を押す社長はそれで満足な様子だったが、こんなことこそムダじゃないのかと私は不満だった。

際限なく依頼される現場調査、報告書、見積書の作成。そして何より手を焼いたのが彼らから依頼される雑務だった。「悪いけど、屋上の写真撮ってきてもらえません？」、「廃材処分にちょっと手を貸して欲しいんですよ」、「高圧洗浄機ある？　それ貸して」もちろんそれは全て「無償」であって、彼らにしてみれば元請として下請業者の我々を当然の資源のように考えているようだった。そこまで手間をかけて果たしてその受注率は？　しかしそれが植村部長によって精査されるのは早くても半年後だった。

早く帰るどころか逆に忙しくなって遅くなった。駅前のコンビニで発泡酒を買い、人通りの少なくなった道を飲みながら帰った。静まり返った自宅の小窓に黄色い灯が淡く滲んでいた。

「最近、遅いね」玄関で靴を脱いでいると、寝室から妻が顔を出す。担当が替わったことは話していたが、会社の営業方針が変わったことやその業務については詳しく話していない。それは私が、勤め先の急激な方針転換を疚しいことのように感じていたからだった。

継続的な工事の受注。そのニンジンをぶらさげられて元請業者の便利屋のようになる。

「食われへんニンジンやったら意味ないやないですか」と同じく管理会社担当になった小西は汚れた作業着を叩《はた》きながら愚痴った。程度の差こそあれ、それはゼネコンも、またアーヴィンも同じだろう。「栗城、お前どうなん?」

「めっちゃいろいろ言われますよぉ。先週もオレ、原さんにミナミまで送れって言われましたし」

これまでは服部課長がそんなことをしていたのだろう。良いように使われ走らされ、愛想笑いで応えて係《つな》ぎ、やっと一件工事を受注する。それが果たして「ビジネスパートナー」と言えるのだろうか。

「でもオレ、原さんとめっちゃ仲良いんスよ。モンスト仲間ですし」言って栗城は笑う。

やはり元請相手にはこういう男が向いている。となるとゼネコン担当になった妻鹿さんはどうなのだろう。妻鹿さんにそういう付き合いが出来るのだろうか。同じようにあれこれと走らされて忙しいのか、妻鹿さんを事務所で見ることは以前にも増して少なくなっていた。

夕方、資材の在庫確認に倉庫に行くと、入口に突っ込んだ軽バンの荷台から妻鹿さんが材料を下ろしているところだった。

「手伝いますよ」と斗缶を持ち上げると、「お、悪いね」と荷台の暗がりから妻鹿さんは白い歯を見せた。

「どうですか？　ゼネコン」斗缶を受け取りながら私は訊いた。

「うるさいけど、ま、あんなもんでしょ」

現場の長かった妻鹿さんはゼネコンの対応には慣れているのか、ことも無げに言って防水材の一斗缶をゴツリゴツリとぶつけるように荷台の先に積んでいく。

「防水の、単発工事ですか？」訊くと、少し間を置いて、「ん？　ま、ちょっとね」と笑う。

するとそれは既存顧客の対応工事で、妻鹿さんは勝手にやっているのだ。

「いいんですか？」苦笑いで言うと「ダメだろね」と笑った。

半端の缶のいくつかを廃液のドラム缶の前に積み、マジックで日付を書く。

「サンキュー、助かったよ」妻鹿さんは荷台から降りて手についた塗料の汚れをトウシンで洗っている。白く濁ったトウシンを入れた大五郎のボトルをコンクリ土間に置くと、あたりにシンナーの臭いが漂った。妻鹿さんは自分で塗っていたのだ。

「悪いけど、シャッター閉めといてくれる？」妻鹿さんは軍手で手を拭きながら車に戻る。

「山、登ってますか？」

妻鹿さんが登っていることは知っていた。年末年始も連日、登っていた。私は、妻の実家のリビングのソファで妻鹿さんの「山行記録」を見ていたのだった。

「うん、ぼちぼちね」常務が去り、体制が変わっても妻鹿さんのそれは変わらない。丸めた軍手をバッカンに投げ入れ、妻鹿さんは倉庫を出て行った。

アーヴィンＨＤの様子がおかしい。春に延期になっていた工事の発注が三月を過ぎてもかからない。仮設計画や配置する現場代理人、協力業者も既に決まっていたいくつかの大規模工事が再々延期になった。これまでもアーヴィンＨＤの独断で着工時期が変更されることは度々あった。遅れることもあれば、逆に前倒しになることもあり、それは会計上の理由だろうが、「絶対厳守」と急に無理のある工期を指定されることもあった。そんなことが当たり前になって、昨年の秋工事が遅れて春工事になってもそれを訝しむ者はいなかったが、その発注が更に遅れて一ヵ月。そして再々延期になると社内にも動揺が広がった。

「アーヴィン、どうしちゃったんですかね」多聞さんが作業員名簿に付箋を貼りながら呟く。

槇さんの得た情報によると、アーヴィンHDが数年前からはじめた離島のリゾート開発に関わる事業投資がうまくいっていないという。その影響がいよいよ主要事業の貸しビル業にまで及び始めたのか。そうなると最初に減らされるのは設備投資で、それは工事の受注に直結する。

「ヤバいんちゃうん?」そんな声が社内で漏れはじめた頃には、既に現場に入る予定だった工事担当者がひとりふたり事務所で一日中座っているようになっていた。

「社長が電話してたの、あれ、銀行の担当者やで」

「やっぱり小さい工事も請けていった方がいいんじゃないですかね?」

「また角さん来てましたよ。着工時期の打ち合わせとか、いい話ならいいんですけどね」

アーヴィンHDとの付き合いは長く、取引自体は先代の頃からあった。しかしそれは年に数回、小修繕の依頼があるかないかという程度で、口座があるだけの付き合いと言って良かった。ところが急に主要施設の計画修繕などの大規模工事の話が入るようになった。三年前、それは社長と角氏の付き合いがはじまった頃だと言う。

角氏はいつも事務所の前に黒いレクサスを横付けし、「うーす」と言って入って来る。禿げているのか剃っているのか、ぬらぬらと光るスキン頭。眼球が飛び出たような団栗眼にダブルのスーツ姿はなかなか迫力があった。

「ジロくんおる?」我が物顔で事務所の奥にまで入って来て、目についた社員に声を掛ける。「……ジロ、くん?」と前の月から派遣で来ていた渡邊さんが戸惑っていると、すぐに難波さんが「あ、こちらどうぞ」と応接室に通そうとするが、それを手で遮って社長室に向かう。

そんな調子で角氏は、いつも神戸の人工島にある事務所を抜け出して社長室にお茶を飲みに来るのだった。最重要顧客なので、禁煙の事務所内であっても角氏が上着にライターを探る素振りがあれば、すぐに誰かが灰皿を持って行き、遊び半分に現場の見廻りに来た角氏が頭髪のない頭を露出したまま、ヘルメットも安全帯も着けずに足場を登りはじめても誰も止められなかった。そんな角氏は藤木常務が去ってからは頻繁に事務所に顔を見せるようになっていた。

「でもあれ、別に仕事の話をしてるわけじゃないでしょ?」と槇さんは言った。

視察、研修名目の旅行やゴルフ、芦屋のヨットハーバーからクルージング。社長と角氏にはもちろん仕事以外の付き合いもあったが、角氏は「潜在能力開発」を標榜する自己啓発系のスピリチュアル団体の幹部で、社長は誘われその「セミナー」や「勉強会」に一緒に参加しているという。

ほとんど単独指名で受注できるアーヴィンHDの工事案件。社長にすればそれを完全に自社で押さえたい一心で、最初は話を合わせて角氏に誘われるままセミナーに参加していたのかも知れないが、「あ、オレ、社長から冊子貰いましたよ。スーパー意識革命とかなんとか」といつか栗城が言ったように、参加する内、社長もハマり、今では完全に団体幹部の角氏を信奉しているようだった。

先日も営業会議の直前にふらりとやって来た角氏に連れられて外出した社長は、結局そのまま戻らなかった。それも社長なりの営業活動なのかも知れないが、もしかしたら社長の意識は全く別のところにあるのかも知れない。社長が欠席になった営業会議は俄かにダレて「なんかあるか？」と服部課長は訊いたが、これといった前向きな話も無く、一〇分ほどで散会となった。

「大手と付き合って、下請に徹するのは戦略としては間違いやないんやろうけど、仕事が来えへんかったら意味ないやろ」大規模工事の現場に溢《あふ》れた工事課のメンバーの口からもそんな声が洩れはじめていた。

「おう波多くん、自分の管理会社はどないやの？」

管理会社に出した見積のいくつかの案件は進み、徐々にプレゼンにも呼ばれるようになっていた。「Mでいいですよね？」と管理会社の社章入りの作業着を渡され、私もそれを着て彼らの一員としてプレゼンに加わる。彼らは、私が作成したプレゼン資料をそのまま読んで、通り一遍の説明はするが、客から作業内容について細かく突っ込まれると、「えーと、そちらにつきましては」とこちらに首を向けた。

マンション管理組合相手のプレゼンは土日に行われる。「えぇー、またぁ？」と妻は顎を落とすように口をひらいて不満を漏らした。

「こっちもフルで働いてさぁ、土日ワンオペって、ほんまキツいんやけど」

妻に抱かれてミルクを飲み、僅かな排泄をしていた子どもがやがて這い廻り、立ち上がって歩き出し、今はもう駆けだしていた。何もできなかった子どもが三年経って何かできるようになっても、それは余計に手が掛かるのだった。そして四年目の私も明確な実績を求められる時期で、担当になった管理会社とも早く取引実績を作って関係を築かねばならなかった。

「何だかんだ依頼があるから、うまくいってるとは思うし、大事な時やから」と半ば自分に言い聞かせるようにそう言うと、「仕事やから仕方ないねんけどさぁ」と妻は下唇で蓋をするように口を閉じた。

しばらく黙ったまま洗濯物を振り分けていた妻が、「え？　じゃあ仕事が増えたら、もっと土日出なあかんの？」と顔を上げた。出した見積が通ればプレゼン。それは数字に繋がることなので良いことに違いないが、受注になれば次は工事説明会。工事が始まれば組合への報告。毎月、やはりそれらは週末に開催される。そうなれば週末は仕事で埋まる。

「なるべく早く帰るようにするし……」娘を抱きかかえながら言ったが、妻は無言で洗濯物を抱えて立ち上がった。

春が終わり、梅雨が明けてもアーヴィンからの発注はかからなかった。業を煮やした服部課長は話をつけてアーヴィンの施設課の事務所の一角に机を持ち込んで、常駐業者のように交代で常に誰かを詰めさせていたが、それが効果を発揮することはなく、却って雑務が増えただけだった。課長はいよいよ焦って苛立って、眦《まなじり》を尖らせた。これまでいつも早く帰っていた植村部長も遅くまで社内に残ることが多くなっていた。

管理会社の工事会議に参加して、事務所に戻ると応接室の扉が閉まっていた。既に七時を廻っているので業者ではない。であれば社員の誰かが話し込んでいるはずで、私は栗城に「誰？」とジェスチャーで訊くと「課長と花谷さんです！」と大声で返される。言った先から扉が開き、顔を赤くした花谷さんが眼を剝いて出て来た。後から顔を出した服部課長は私を見つけると、「おい、波多、ちょっと」と手を挙げる。

応接室に入ると、扉を閉めるように言われ、課長は崩れるようにソファに腰を落として長い息を吐いた。そんな様子に私の方が先に口を開く。

「どうしたんですか？」

「どうしたて、お前も眠たいヤツやなぁ。お前はどやねん。見込み、工事取れそうか？」

週末にはまたプレゼンがある。五〇戸程の低層マンションだが、取れれば着工の早い案件だった。再来週にはまた別のプレゼン。その他見積はどれだけ出したかわからない。

「頼むぞ、それ」重い眼を投げ、私の顔を見る。

だが結局、アーヴィンから発注が掛からなければどうしようもない。アーヴィンはどうなっているのか？　しかし私は遠慮からそれを訊けなかった。

「ゼネコンはどうなんですか？」

「まだ品定めされとんやろな。単発工事しか言うてけえへん。それをええことに妻鹿も勝手に材料持ち出して、なんかごちゃごちゃやっとるし。今は松浦さんが在庫管理しとんやで」

妻鹿さんの動きはしっかり服部課長にバレていた。

「アーヴィンがなかなか入らんのや。劣化調査とか部分補修とか、しょうもない工事ばっかりや。下手したら資料室のクロスの貼り替えなんかも相談されるんやで。どのみち予算握っとるのは角さんやからなぁ」

珍しく愚痴をこぼす服部課長も追い詰められている。今期は去年の受注で凌げるが、今仕込まなければ下期の現場は無くなって、来期の売り上げはない。アーヴィンの現場ありきで始まった新方針で、そのアテが外れれば影響は深刻だった。

「でも、社長が角さんと――」言いかけると、課長は鼻で嗤い、「アホ、あんなもんアテになるかい」と下卑た笑みを浮かべた。

全く奇妙なことに、不穏な社内で社長だけはひとり快活だった。敢えてそう振舞っているのか、協力業者の社長やあるいは信金の担当者を相手に、カラカラと響く高笑いが社長室の外にまで聞こえた。「何を考えとんのやろな」と社内の誰もが訝り、その胸中を測りかねた。定例の管理職会議は以前と変わらず、特に長引くことなく終わるようで、煮え切らない表情の植村部長と服部課長が社長室から出た後に社長が顔を出し、「あ、難波さん、大天寿司、予約してくれます?」と普段と変わらぬ声で言い、やがてエントランスの方で「うーす」という濁声が聞こえるのだった。


白い陽射しの中、ストックをつきながら登山道を歩く。繁る青葉の陰に入ると僅かに涼しさを感じた。山には既に蟬が鳴き頻っていた。平日はハイカーの数は少なく、私は淡々と登山道を辿って歩いた。山の陰に廻り込むと木立の中は暗く、どこか寂し気に感じられたが、そんなことが今の自分の気分には合っていた。何が変わったのか。山は変わらない。すると変わったのは自分自身で、自分を取り巻く状況だった。社長はいつも角氏に連れられて外出して社内におらず、服部課長は苛々しながらアーヴィンの事務所に張り付いていた。いつの間にか常務が座っていた席に移った植村部長は一日中PC画面を覗き込んでいる。数字を見ているのであろうその顔色はいつしか澱み、眉間の皺は歪んでいた。

　昨年末から僅か半年ほどで、これほど状況が変わるものだろうか。転職した約三年前。それはまさにアーヴィンとの付き合いがはじまった頃で、奇しくも私はちょうど会社の方針を大きく変える要因ができた頃に入社したのだった。いや、と言うより私は社長が構想する新体制の営業要員として雇われたという方が正しいのかも知れない。

　途中、東屋に腰を下ろして街を眺めた。四月から松浦さんがまた登山部の山行を企画したが、落ち着きを無くした社内で参加者は減り、昨年ほどの盛り上がりはなくなっていた。土日の仕事が増えた私はそれに参加できず、その振替の平日の休みにひとりで山に登るようになっていた。

　山を歩いても結局、仕事のことばかり考えている。耳から顎を伝って汗が落ちる。一歩一歩階段になった斜面を上る。切れる息の中で唾をのむ。目を上げると、青さを増した初夏の葉群が揺れていた。歩けば少しは気が晴れるだろう。そう思って山に来てみたが、歩いても歩いても、騒めきが追いかけて来て脚に纏って絡みつく。逃れるように先を急いだが、それはどこまでも従いてくるようだった。

　学校を出て地元の工務店、そこから大手リフォーム会社に転職して約一〇年。厳しい職場だったがそれなりにやってきた、つもりだったが三年前の年度末、私は自分が会社のリストラ候補にあがっていることを知った。支店長の山田に昼食に誘われ、昼は定食を出す居酒屋の席で向かい合って食べ、他愛のない話をしていると急に山田は話を変えた。

「ところで波多くん、君もそろそろ新しいステージに挑戦するのも悪くないんちゃうか？」

言って山田は楊枝を咥え、半分暗くした居酒屋の店内に目をやった。

震災特需を当て込んで数年前に出した東北支店は撤退し、太陽光発電事業が頓挫したという話もあった。会社の業績が芳しくないことはわかっていた。しかし急に、自分が？目立って成績が良いわけではなかったが、悪くもない。なんなら私より成績の悪い営業はいくらでもいた。が、それは「総合的判断」だという。年度末には改めて人事面談もあるという。それに先立って私の説得が山田に与えられた「特命」だということは察しがついた。黒い蕎麦つゆの表面に溶け残ったワサビの粒を見ながら私は黙った。

「不当解雇」、「違法」と騒いで、労働争議を支援するＮＰＯに駆け込んだ人も過去にいたが、「そんなんしてどないなる？　それで押し切って会社に居残ったとしても、そうなったらもう徹底的にヤラれるで。朝から晩まで投げ込みチラシやらされても文句言われへん。何から何まで、箸の上げ下ろしまで監視されて、難癖つけられて減給されて、ほんでまた訴えるか？　そうまでしてしがみついてどないなんねん。俺かて本音言うたらこんな会社……。せやけどウチは子ども三人おるし、俺は五〇超しとるから、でも自分はまだ若い、――あ、すんません」山田はホットコーヒーをふたつ頼んだ。

コーヒーが来ると、「それよりな」と言って名刺を二枚出した。知り合いの業者を紹介してやると言った。

しかしその時の私にはそれを簡単にのめない事情があった。妻は妊娠九ヵ月。ひと月前から精神的に不安定にもなっていた。自身の心配性から保険会社に勤めたような妻がそんなことを知れば母体に障りかねない。

私は産休中の妻に隠れて転職活動をはじめなければならなかった。しかし焦って転職先を決めても結局は長続きせず、職歴を汚すことになる。時間を掛けてでもそれは慎重に進めなければならない。それが間に合わず先にクビを切られれば――。いざとなれば私は毎朝素知らぬ顔で家を出て、ファストフード店かコーヒーショップ、あるいは図書館に「出勤」することも覚悟した。一ヵ月か二ヵ月。その求職期間がどのくらいになるのかわからないが、その間の対策に私は米国《アメリカ》に住む兄の協力を取り付けた。昼夜逆転の時差を幸いに、私は夜中密かに電話をして兄に頼んだ。「わかった、わかった。大事な時だからね。後で口座教えて」と兄は事情を理解して偽装月給の為の援助を快諾してくれたのだった。

地元拠点に五三年。無借金経営。ベテラン社員多数在籍。土日休み。取引先多数。ルート営業。事業拡大につき営業担当募集。建築関係経験者大歓迎――。求人ページの謳い文句をそのまま鵜呑みにしたわけではなかったが、大手ばかり四社連続で弾かれていた書類選考にやっとパスした私は、すぐにその会社の面接を受けた。

二回のはずの面接が藤木部長のひと言で、一回で採用が決まった。会社を出ると、向かいにある神社の満開の桜が膨れ上がって揺れていた。二日後、自宅に「内定通知」が送られて来て、前日から計画入院していた病室の妻に見せると、妻は「へ？」と間の抜けた声を出した。その二日後、娘が産まれた。

それから約三年。隔週で土曜出勤があったけれど、前職と違い企業相手なので土日祝は休み。給与は下がったが「これからやん」と妻も前向きで、「ゼロからいれないと入れなくなるからね」と六ヵ月の娘を保育所に入れて時短で仕事に復帰した。また西宮市内の駐車場付き2DKの社宅に月四万で住めることもありがたかった。JR甲子園口駅から徒歩一〇分。築四〇年超の古い三階建てのRC造のハイツだったが、内装はリフォームされて一階の私たちの部屋には、まさに猫の額ほどであったけれど、坪庭もあった。会社でその一部屋を社宅として借りている。「アーヴィンパティオ甲子園口Ⅱ」その名前の所以に私が気づいたのは、勤めはじめてから一年以上経ってからのことだった。

樹の枝の先に無神経なほどに明るい空が見えた。胸の上に重い汗が流れる。蟬が盛んに鳴いていた。輪唱のように重なり合う音は互いにぶつかって膜になり、圧力を持って迫るようだった。

狭い登山道の曲がりの岩場に学生らしい若い四人が道を塞ぐように腰を掛けている。近づく私に「ちわぁー」と言いながらも避《よ》けようともせず喋り続けている。草叢に踏み込んで避けて行く。思わず舌打ちが出る。私は余裕をなくしていた。急坂を上る。油コブシルートの分岐の広場から白く曖昧に海に溶ける埋立地を眺めた。

もう以前のような新鮮さはなかった。それを数秒立ち止まって見てボトルの水を口に含むと、私はまた登った。

いくら歩いてみたところで気分は晴れず、寧ろ不安が湧いて全身を包み、それは重く背中から圧し掛かり脚に絡んだ。その粘度は次第に増すようで、ついに私は道の途中で脚を止めた。

そのまま登れば舗装路に出て、ケーブルカーの六甲山上駅に着くはずだった。近くに展望台があって、そこはハイカーや観光客も多い。そう思うと私の脚は更に重くなった。正午《ひる》の陽を反射して登山道は白く、目に痛いほどだった。

ふと目を向けた道の脇の樹林の中は暗く静かで、優しかった。樹林の奥をじっと覗き込む。暗がりの中で草木は息を詰めるように静かだった。薄灰色の立木の中、赤や黄褐色の落葉、地を這う木の根、黒い腐葉土、それらを擁する林床に光りが斑に落ちて揺れている。手を伸ばし、黒い山桃の枝を除けて半歩踏み込んでみる。暫くすると、ひと塊に見えていた木立が不思議と疎らに見えてくる。それらの隙間に身体を捻って、あるいは屈んで行けば進めないことはない。しかしその先はどうだろう。妻鹿さんは、あの人は、いつもこんな場所ばかり歩いているのか。

頭上で地面を踏む音がして見上げると「こんにちはぁ!」と降りて来るグループから声を掛けられ、会釈だけして脇に避ける。口の中が渇いて声が出なかった。彼らが行くと、私はそこから引き返して山を降りた。


一度舵取りを誤れば、この規模の会社は半年で傾く。安心しきっていたわけではないが、アテがひとつ外れただけでこれほど呆気なく状況が変わるということに私は狼狽えていた。

澱むように重苦しい空気が漂って事務所の中も心なしか薄暗く見えた。いや実際それは暗かった。事務所とフロア続きで南側にある社長室の扉は、いつも社長の意思表示のように開放されていたが、最近は閉まっていることが多かった。それは角氏が来ている時や植村部長、服部課長、あるいは二人ともが入っている時で、一度閉まると長く開かなかった。「逆にすっごいわかりやすいですよね」と多聞さんは笑ったが、やはりすぐ「やっぱりウチ、大ピンチなんですよね……」と萎むように呟いた。

「てか、アーヴィンがヤバいんでしょ? 発注したくてもできないんでしょ」

「売却してるらしいやん、収益物件」

「加納町のとこのテナント、内装撤去してたよ。あそこもアーヴィンの系列でしょ?」

あらゆる予測や噂が事務所の中に濃霧のように充満していた。工事説明会の資料を作りながら背後でそんな話を聞いて、手が自然とマウスから浮く。

「……戻りましたぁ」しかし背の低い妻鹿さんだけはそんな霧の下を軽々と潜るように社内の空気など意に介さず、ひとり恬淡と仕事をし、山に登っているのだった。妻鹿さんは青々と繁る神社の緑を背景にして背中を丸め、PC画面を覗いていた。


「上期の数字、出たらしいですね」

「ヤバいらしいな。海老江のビルも保留なんやろ？　あれはやるって言うてたのに」

松浦さんと槇さんが先頭で話し合っている。声を落として話してはいるが、それは私にもちゃんと聞こえており、それに気づいた松浦さんは振り向いた。

「アーヴィンばっかりアテにしすぎやねんて。なあ、波多くん」

植村部長の方針に賛成していた松浦さんも今になってそんなことを言い出していた。河内長野駅からバスに乗り千早赤阪村。大楠公が寡兵をもって奮戦した千早城跡、金剛山。久しぶりに私は登山部の山行に参加したが、電車でもバスの中でも、山に入ってからも仕事の話になった。

「社長もどないしてもうたんやろな」

「前は多角化経営とか言ってましたよね」

「角さんにべったりやし。もう離れられへんのやろなぁ、一蓮托生やで」

松浦さんは手にしていた枝を藪の中になげた。

「アーヴィンも事業縮小させとるし、希望退職者を募ってるいう話もあるらしいで？」

「でも大きい会社ですから、そう簡単には」槇さんは薄く笑った。

でも知ってます？　と河野さんが口を挟む。「アーヴィンの施設課の人たち、ウチに出向で受け入れるって話」

「はぁ？」ほとんど同時に松浦さんと佐藤の声が山中に響いた。

安全大会や忘年会、暑気払いに施設課の担当者をゲストとして招くことも度々あって、社員同士の交流もあった。そんな席では施設課の担当者の隣に若い女子社員を座らせて酌をさせるような品の無いことまでしていたが、それをいつも苦々しく見ていたのが藤木常務だった。

「ほんまか？　その話。藤木さんおったらキレとるで。てか、藤木さん退職してからやん。角さんがやたら事務所に来るようになったの」

「角さんも、先代の頃からいた藤木さんには遠慮があったんでしょうね」

山頂まで長く続く階段道を一歩一歩登る。それぞれに考えを廻《めぐ》らすようで、それからみんなしばらく黙って歩いた。

「あるかも知れへんでウチも、リストラ」

不意に呟き、松浦さんが脚を止める。後の私もつかえて脚が止まる。

「いやぁ、先代じゃないんですから。流石にそれは」と槙さんはやはり笑いながら言う。

防水工の職人から新田防水商會を起こした先代の社長はワンマン経営で、会社存続の為には同業者への不義理も厭わぬやり方で工事を獲って、資金繰りに困れば下請を泣かせ、社員も容赦なく切ったという。当時の仕打ちを未だに根に持つ業者もいる。その先代が引退し、後を継いで「新田テック建装」と社名を改めた甥の現社長の次郎氏は、そんな反省から「スマート」な経営を目指した。多角化経営なんてことも、その為に言い出したのかも知れない。

「ぼくは二代目なんですよ」と面接の際に自らそう言って、腰が低く笑顔を絶やさない社長に私は好感を持った。「会社っていうのは人の集まりですから〝自分〟じゃなくて〝みんな〟でやっていきたいと思っているんです」それは今でも変わらないはずだったが、ふらりと現れる角氏にいつも連れられ事務所を出ていく社長と社員の〝みんな〟が接する機会は減っていた。

「いよいよ山登っとる場合やないかもな」

振り向いた松浦さんが踵を返す靴底で砂利がジリジリと鳴る。歩き出す松浦さんの背中を見ながら、私は急に全身が重くなるのを感じた。ここからまだ登り続ける。それがひどく億劫に思えた。山の空気にはもう清々しさはなく、草木も色彩を失い、造りものを集めた仰々しいセットにすら見えはじめた。目の前に登山道が鬱々と続く。背負ったザックが重い。なぜ自分は貴重な週末の休みに妻と娘を残して、自宅から遠く離れた場所で全く意味のない重労働を行っているのだろうか。

　山の上には社殿があって、ひらけた場所には茶店もあり多くのベンチが並んでいた。多くのハイカーで賑わい、そこはさながら観光地の様相だった。「これが山かよ」自分もその中の一人で、この山行を計画した本人だったが、松浦さんは不服そうだった。

　そんな声を聞きながら、私はひとり三年前のあの昼の居酒屋の暗い店内の苦い記憶に抗っていた。後で知ったのは、私のいた吹田支店の営業担当一〇名の中で、リストラの候補にあがったのは僅か二名。なぜ私が択《えら》ばれたのか。飲みや麻雀、磯釣りやエリア長主催のゴルフコンペ。私は営業成績を出すことにかまけ、面倒な社内の付き合いを一切絶っていた。自分は自分の業務だけをやれば良い。そう考えていた。思い当たるのは、そんな私の「怠慢」と、それを許容しない社内の「繋がり」だった。

　新田テック建装に入った当初、私はできるだけ飲みの席には顔を出すようにしていた。ところがいつの間にか前職での記憶も薄れ、私は油断していたのだ。

「ちょっと一杯寄っていきませんか？」

　なんば駅で河野さんと佐藤と別れた後、梅田に着いて居酒屋の前を通り掛かった時、私は松浦さんと槇さんに声を掛けた。

二人とも驚いたように互いに顔を見たが、すぐに口もとを緩め、「じゃ一杯だけ、いくかぁ」と言い合わせた。松浦さんは嘱託であと二年。娘は二人とも結婚して家を出て、完全リタイヤ後には、ようやく奥さんからＯＫが出る積雪期登山をやる予定だという。一級建築士の槇さんはどこでだってやっていける。飄々として五〇代、山と酒と競馬を愛し、結婚はせず気ままな独身ライフを送っている。二人とも私とは立場も状況も違ったが、それでも会社に思い入れもあるはずで、同じ登山部メンバーとしての私のことを気にかけてくれているはずだった。

前期比四割減という衝撃的な今期数字の落着予想が営業会議の席で伝えられた。それはアーヴィンの発注予定分がそのまま抜け落ちた計算だった。それきり植村部長は黙った。

主要顧客への一斉営業。そんな指示が服部課長から出された。もちろんそのリストの中にはこれまで依頼を断って来た客先も含まれる。「とにかくお前らガンガン営業かけろ。提案やめた工事も再提案して、ネゴ受けてもかめへんから」と服部課長は顔をテカらせて気炎を吐いた。

今から営業をかけたとしても、提案から計画、見積を出して先方の予算確保。受注して着工、工事、引き渡し。数字としてそれを期中に入れるのは難しい。そんなことは皆、わかっている。わかってはいるが誰もそれを言わない。やはりこの会議にも社長は不在で、午前中に現れた角氏と事務所を出たきり戻らないでいる。

「いや、おかしいやろ、あれ。結局、服部課長も社長には何もよう言わんのやで」

場当たり的なそんな指示に営業課の中でも反発の声が出始めた。その急先鋒は同じ第三グループの小西で、同調する仲間を居酒屋に集めはじめていた。「波多さんもおかしい思わん？」と質問とも詰問ともわからぬことを言われ、引き摺られるように私も小西の集まりに参加するようになった。

午後八時過ぎ、机の上に鞄を置いて立ち上がった服部課長から「波多、まだやるんか？」と声を掛けられる。一方で私は栗城を介して服部課長の集まりに加えてもらえるように頼んでいた。これまで学生ノリの騒々しいその集まりを敬遠していたが、もはや悠長なことを言っていられる状況ではなかった。そしてまた、工事課の竹内課長と仲が良い槇さんに誘われたのを機に、私は工事課の集まりにも顔を出すようになっていた。

街灯が白々と光る夜道を酔って歩いて帰る。入口の段差に躓き、派手に玄関扉にぶつかった。「また飲み会？」と呆れ顔で訊く妻に、私はどこまで話すべきだろうか。できれば正直に話し、そんな付き合いに要する費用を家計から引き出したかったが、せっかく落ち着いてきたこの生活を足元から揺るがすようなことは言いたくなかった。

「担当が替わって打ち合わせも増えてね」それは嘘ではなかったが業務とは無関係だった。妻はそれ以上踏み込むことはなかったが、私は襟元のボタンを外し、洗面所に逃げた。

個人面談の話が出ていた。それは上期の反省という名目だったが既に一二月に入っており、これまでそんなことが行われたことは一度もなかった。それが人員整理の為のものであるということは明らかだった。既に何人かは植村部長に呼ばれたという。

花谷、板倉――。「いや板倉さんは一級セコカン持っとるから」「ほんなら野中や」「あいつ前科あるからなぁ」野中さんは過去に一度リース業者からバックを受け取っていたことがある。誰が切られるのか。そんな予想が飲みの席で露骨に議論された。

「でも、一番危ないのは妻鹿やろ」そんな意見も出た。

「あの人はテッパン、一番人気でしょ」グラスを揺らして佐藤は笑う。

「一度、アーヴィンの原さんともやりあっとるしな」

「でも妻鹿さん、防水一番詳しいじゃないですか」思わず私は反論した。

「そんな業者に任せたらええやん。今、大事なんは元請との調整やろ？　そういうの向いてないやん、あの人」

色づいた神社の樹々を背に妻鹿さんは身体を少し傾けて座り、マーカーペンを手にしている。倉庫から勝手に材料を持ち出して顧客対応を続け、業務をこなし、そして週末には山に登る。誰とも連まない妻鹿さんには噂自体も入ってこないのかも知れなかったが、それでも今の、この社内に蔓延している不穏な空気に気づかないはずはないのだが。もちろん妻鹿さんが山に、バリに行くこととそれは関係ないのだろうけれど、それでも妻鹿さんがひとり淡々と山に登り続けることが私にはひどく奇妙なことに思えた。毎週、毎週、登山アプリに更新され続ける〝MEGADETH〟の山行記録。課せられた労役かのように妻鹿さんは山に登る。六甲山系。須磨の栂尾山から、あるいは高取山、諏訪山、双子山。いずれも登山道のない山の中を彷徨い、歩き廻っている。バリをやっている。増え続ける妻鹿さんの山行記録を見ながら、私は何か得体の知れない懼《おそ》ろしいものを感じた。

「波多さん、不二倉庫の森田さん、一番です」

東灘区にある不二倉庫から連絡があった。そこには一斉営業の号令で、先週久しぶりに訪問していた。施設担当の森田さんは不在だったが、何かあればと名刺を置いてきた。不二倉庫には建築面積三〇〇〇㎡規模の定温倉庫の修繕の計画がそのままになっていた。

私は息を飲んで電話に出た。が、それは依頼ではなく防水工事のクレームだった。サイロ機械棟屋根から漏水があると言う。それは昨年私が担当した瓦棒屋根の部分防水工事だった。補修範囲近くから水が出はじめたと言う。部分補修で保証がないのはわかっているが、「まだ一年経っていませんし、何とかなりませんかね？」ということだった。

「とりあえず見させていただきます」

原因が判り、施工に問題があれば下請の業者と話をつけるが、判らなければ厄介だった。

翌日から施工した防水業者と調査に入った。防水材メーカーの担当者も呼び、散水して原因特定を試みたがうまくいかず、原因箇所を予測して絞り、何度か補修作業を試みたが漏水は止まらない。しまいに業者もメーカーも匙を投げ、「やっぱ全体改修しかないっスね」と言い出した。しかしそれでは当初に提案した部分補修の意味がない。そんなことはとても先方に言えない。だがいくら頼んでも「部分補修ですから保証はないですよ。補修範囲外から水廻っとるかもしれへんし」と業者も諦めて取り合わない。「田辺さんには言ったんですけどねえ」とメーカーの担当者も言う。当時現場を担当していた工事課の田辺は昨年辞めていた。「そこをなんとか、何かできませんかね」と私は食い下がった。

「せやから散々やりましたやん！　波多さんの言うやり方で。まだせえ言うんやったらやり方言うてくださいよ！」今後の付き合いを考えて、現場を抜けてまで連日付き合ってくれている業者もそろそろ限界だった。

「えッ！　全面改修？　いや、予算がないから、だから部分補修で提案してきた新田テックさんにお願いしたんじゃないですかぁ。今さらそんなこと言われても……。波多さんも田辺さんもいけるって言うから。だって工事前から漏れていた箇所ですよ？」言いながら森田さんは拒むように首を振った。

森田さんも、機械棟の漏水問題に「部分補修可能」という我々の提案にのって会社に稟議を回し、その予算で社内の決裁を得ているわけで、それが覆ると森田さんの立場も相当苦しい。雨が降る度に事業部から厳しいクレームが入るのだという。これまで何とか誤魔化していたが、「いや、ほんと頼みますよ。キツいんですよぉ」と泣くように言う。

「……もう一度、考えてみます」唇を噛んでそう私は答えたが、何か手があるわけではなかった。

不二倉庫は直接担当していた社長から「波多さん、やってみますか？」と引き継いだ顧客だった。建物施設も多く、定期的に工事が見込める「主要顧客」だった。定温倉庫の修繕計画もある。今この時期にそんな客先とトラブルを起こすわけにはいかない。下手をすれば森田さんの上司から直接社長に連絡がいきかねない。

「いや、せやからそういうのアカンて。保証ないんやから。植村さんも言うとったやろ。担当者納得させるか、それか業者に対応させえや。お前の現場やろ」相談した服部課長は取り合わない。

「散水してもわかれへんの？　困ったなあ」工事課の竹内課長はそう言って顎髭を指で揉みながら矩計図《かなばかり》を眺める。そして顎髭を指で摘まんだまま、首を事務所の奥に向けて「妻鹿さんに言うてみたらあ？」と他人事のように言った。

指した顎の先、見ると妻鹿さんは、突き立てた親指の先を一心に見ていた。

「妻鹿さん……」傍らに立った私に、妻鹿さんは驚いたように顔を上げたが、すぐにまた指の先に目を戻した。「お、波多くん。どした?」机の上にはマーカーで何本も線が引かれた登山地図の写しが拡げられていた。

私は事情を説明して、「ココなんですけど」と手にしていた図面を拡げようとすると、それを遮って、「とにかく現場見るよ」と手帳を開いた。「いつ?」

「妻鹿さんのご都合がいい時ならいつでも」

妻鹿さんは手帳を捲った。月曜から土曜までびっしりと細かい文字で予定が埋められている。しかし日曜の欄だけはくっきりと空白が守られていて、ただ一文字、「山」とだけ書かれてあった。私は胸を衝かれた。


調査の当日、現場で妻鹿さんはカーキ色の小さなリュックを背負っていた。塔屋から屋根に上がると、「持ってて」とそれを私に渡して、棟に張った親綱に胴ベルト型の安全帯のフックを掛けると、スルスルと蒲鉾屋根の曲面を降りて行った。預かったリュックは重く、中を見ると、水の入った一・五ℓのペットボトルが二本入っていた。妻鹿さんはしばらく漏水箇所のあたりを見ていたが、それから少し離れて屋根から突き出た巨大なベンチレーションの近くに行くと、その根元に蹲ってしばらく動かなくなった。

屋根の上、白く反射する屋根の曲面の先に見え隠れするその姿を、私は鋼製柵に囲われた安全通路から見ていた。時折足元の親綱が屋根に擦れて動くのはそれがそのまま妻鹿さんの動きだった。軽業師のように屋根を歩いて、ひとりでいるかのように淡々と調査を続け、そのまま三〇分以上戻らなかった。海からの風に作業着が靡《なび》き、すぐ傍に海鳥が舞い上がった。

「どんな感じですか？」しばらくして森田さんが上がって来た。「あの人は、工事課の人？」と私の肩越しに屋根の上の妻鹿さんを見て訊ねる。

「あ、防水が専門で……」妻鹿さんを営業担当とは言いにくかった。

「へぇ、じゃ特殊部隊だ」

「ええ、まぁ、そんなところです」

やがて親綱がピンと伸びて屋根板から浮き上がると、それを引きながら妻鹿さんが戻って来た。

「だいたいわかった。じゃ、ちょっと水掛けよっか？」安全帯を通路の手摺に付け替えながら、傍らの森田さんに「いいですね？」と訊いた。挨拶なしの妻鹿さんのテンポに森田さんは目を瞬かせ、「あ、は、はい」と頷いた。

一〇分後。建物の中から森田さんと天井を眺めていると、鋼材の根元、錆に赤黒くなった高力ボルトのあたりに薄っすらと水シミが見え始めた。私はすぐに妻鹿さんに電話を掛け、「出ました！」と叫んだ。これまで業者と何度もトイレの水栓からホースを取り廻して散水したが、原因箇所すら捉えられなかったのだった。「……了解」妻鹿さんはそれをたった一度、僅か三ℓの水で特定してみせた。

ここから、こうだね。妻鹿さんは図面の裏に鉛筆で建物の断面イラストを描き、浸水経路を森田さんと私に説明した。機械の振動でベンチレーションの取り合い部の防水が切れるのだという。そこにいくら防水材やシールを厚塗りしたところで、それはまたすぐに切れる。「金物屋に金物作ってもらってさ、水を切るやり方にしよっか」

帰りの車の中で早速妻鹿さんは金物屋に電話を掛けていた。手帳を見ながら自身でメモした鋼板の加工サイズを伝えている。私は妻鹿さんから仕様書と納まり図だけを渡されるものと思っていたが、「俺がやるから」と現場も見てくれると言う。「鋼板をビスで揉んでシール、防水材を被せてもう一発シールぶち込むか。ま、三日だね。金物屋には水切りの詳細をファックスしとくから。二万もあればやるでしょ。あとは職人だね」

「三人工《にんく》？　ほんまにそれで済むんやろな？」服部課長は訝ったが、不二倉庫は主要顧客なので、それで済むなら防水工の人工代くらいは植村部長に話をつけるということになって、週明けの工事が決まった。

三日間の工期で私は妻鹿さんと不二倉庫の補修に掛かった。

妻鹿さんは屋根の上で図面の写しを拡げ、職人と打ち合わせている。通路の端に掲げられた白と緑の縞模様の吹き流しが海風をのんで満々と膨れている。割れて散った海面の光を背に、風を避けて身を寄せ合った妻鹿さんと二人の職人はひとつの黒い影になる。

時々鼻をすすり上げ、手の甲で洟を拭う仕草を見せる妻鹿さんの横顔を私は見ていた。昨日の日曜日、〝MEGADETH〟はやはり五助谷をうろついていた。何を思って妻鹿さんは山に、バリに行くのだろうか。

その日の作業を終え、車の荷台で刷毛を洗う職人に妻鹿さんが「一五〇は広げて塗ってね」と明日の段取りを伝えている。何から何まで、自分の現場のように妻鹿さんはやってくれて、しかしそれで私に何か含むような素振りもなく、ただひたむきだった。

「妻鹿さん。あの、実は、妻鹿さんのアカウント、偶然見つけちゃって……」

帰りの車内、私は出し抜けに白状した。ずっと疚しく思っていた登山アプリ。しかしそれが何のことか妻鹿さんはすぐわからないようで、「え？」と言ってしばらく考えてから、「あぁ！　山か」と言って笑った。

「あ、あのハタゴニアって、波多くんかぁ！」と続けて笑う。

「はい、タモンベルは多聞さんです。多聞さんが見つけて、それで……」とうっかり私はそんなことまで勝手に言ってしまった。

「すみません、でも言うと妻鹿さん、記録アップしなくなっちゃうかなって」

「いや別にそういうのは関係ないけど、俺のはただの記録用だから。でもあれも、もう消そうかなって思っててさ。最近、知らない人からやたらコメントが来て、怒られるんだよ」所謂「山をなめるなオジサン」からDMが来るのだという。やはり松浦さんのような人がいるのだ。

「ずっと、登ってるんですね」——この状況でも。と付け足したかったが、もちろんそれは言わなかった。

「ん？　うん」なんで？　とでも言いたげな表情の妻鹿さんは、今の会社の状況をどう思っているのだろう。社内の空気は相変わらず重く、不安に狂騒した社員たちが居酒屋に集まっていた。しかしいくら集まって議論を重ねてみたところで、何の解決にもならず、寧ろ互いに不安を囁き合って危機感を煽り、そんなことを酒の肴に、どこか娯《たの》しんでいるようにすら見えることもあった。そんな集まりに私もいい加減、嫌気が差していた。

この数日、私は妻鹿さんと屋根に上って海風にあたり、久しぶりに気分が晴れるように感じた。虎口を脱したという解放感もあるのかも知れないが、もしかするとそれは妻鹿さんという存在のせいかも知れない。

暮色に溶ける湾岸線を西に向けて車を走らせる。すでに沿岸のプラント地帯は藍色の闇の中に沈み、白い灯がイルミネーションのように点々とともりはじめていた。

「バリに連れて行ってくれませんか？」

スピードを上げた高速バスが轟音を立てて追い越して行く。煽られて揺れる車体を抑えてアクセルを踏み、勢いに任せて私は口にした。

「え？」と、それは思いがけないことだったようで妻鹿さんは少し黙ったが、すぐに「ダメ、ダメ、危ないよ」と首を振った。
呆気なく断られ、私は自分の不用意さを愧《は》じた。妻鹿さんは忙しい予定の中で自分の仕事をさし措いて私のトラブルに付き合ってくれている。それだけでも十分過ぎるのに、その上、こんな時に「バリ」に連れて行ってくれなんて。「真面目にやれよ、自分の現場だろ！」と怒鳴られても仕方ない。

「……明日、一応、予備の変成のカートリッジ、何本か積んどきますね」

すぐに私は話題を転じようとしたが、妻鹿さんは言い訳するように言った。

「ひとりだからいいんだよ、山は」

翌日は職人がウレタン塗膜で防水した箇所を、私と妻鹿さんでコーキングガンを手に見て廻った。今回の漏水箇所以外にも懸念される箇所には妻鹿さんがマスキングテープで印をして廻った。柄入りのブルーのテープ。あのタータンチェックのマスキングテープだった。それが大小合わせて約三〇ヵ所。そこにもシールを打っていく。

親綱から安全帯のスリングをピンと張って、妻鹿さんは屋根の曲面に立つ。妻鹿さんは未だにフルハーネス型でなく胴ベルト型の安全帯を使っている。もちろんそれは安衛法違反だ。カチン、カチンとフックの金属音を響かせて二丁掛のそれを付け替えながら妻鹿さんは屋根の上を渡って行く。黙々と作業するその横顔は静かだった。

「じゃ明日、もう一回散水して確認しよっか」と言って妻鹿さんは、棟の上で腰を伸ばして海に眼を向けた。「いいなぁ、ここ」

岸壁に建てられた穀物サイロ。地上四〇メートルの高さからは、アンローダーと呼ばれる大型の荷役機械やクレーンすらも下に見え、視界を遮るものは何もなかった。銀の光を割って群青の海原がひろがっている。倉庫の小庇に羽根を休めていた鳩が二、三羽連れ立って飛び立つと、ドッと一度にそこかしこから湧き上がる。

「僕も好きなんですよ。この屋根の上」

私が言うと、親綱を摑んだ妻鹿さんは無言のまま笑みを浮かべた。

翌日、ホースを取り廻して、また妻鹿さんが屋根上から水を掛ける。中から私が天井を見上げ、しばらく待って漏水が確認されないと、「あとは、こっちでも雨の日にまた見てみます。でも、もうたぶん大丈夫でしょ」と森田さんの声も明るかった。

「ありがとうございました。命拾いしました」不二倉庫の敷地内の駐車場で私はそう言って妻鹿さんに頭を下げた。「大袈裟だよ。波多くん」妻鹿さんは笑いながらヘルメットを脱ぎ、名残惜しむように海の方に眼を向けた。

「じゃあ、一回行ってみる？」そう妻鹿さんが言ったのは帰りの車内だった。え？ と思いがけない誘いに私が戸惑っていると、「山、行ってみる？ バリ」と妻鹿さんは笑った。

「お、お願いします！」私はほとんど跳び付くような勢いで言った。妻鹿さんにどういう心境の変化があったのか、僅かでも現場をともにして仲間意識が芽生えたのか。それは社交辞令でなく、妻鹿さんは「じゃあね」と手帳を開いた。

「来週の木曜、俺、振休なんだよ。もし波多くんも休めるならその時どう?」

ハンドルを握ったままの私は予定を見ることは出来ないが、何を措いても行こうと思った。振休がなければ有休を取る。「お願いします」と私は両手で握ったハンドルに額をつけた。

＊

午前八時。阪神御影駅前ロータリーで私は妻鹿さんを待っていた。

慌ただしい平日の朝、バスのロータリーから駅に人が流れていく。私はアウターの胸ポケットからスマホを取り出して時間を確かめる。午前八時五分。約束の時間を五分過ぎている。

前々日、初めて私は「有給休暇申請書」というものを書いて服部課長に提出した。「なんや、葬式か?」と課長は半開きの口で訊いた。まさか妻鹿さんと山に行くなどとは言えず、「いや、ちょっと」とはぐらかした。「ま、ええわ。権利やからな。せやけど今はあんま変な動きせえへん方がええぞ」言いながら課長は判を押した。

ザックを下ろして道具を確かめる。グローブにヘルメット、安全ロック付きのカラビナにテープスリング。それからチェーンスパイク。妻鹿さんから言われたものは全て用意した。いつもの山行道具にそれらを加え、昨晩、ダイニングの床に並べて確かめた。「え、何するん?」と覗き込む妻に簡単にバリについて説明したが、妻も私と同じく「え、なにそれ? そんなんいいの?」という反応で、「てか無茶はやめてよぉ。危ないやん。遭難しても捜さへんからね」と顔を顰めた。

一〇分。そう思った矢先、ロータリーの向かいにある牛丼チェーン店の扉が開いて、妻鹿さんが出て来た。黒いカーゴパンツに濃紺のヤッケ、迷彩柄のザックにチェストバッグ。ヘルメットと例のピッケルがザックに括り付けてある。

「ごめん、ごめん。味噌汁が熱くてさ。あ、それ、ウェア大丈夫? イイやつじゃない?」

妻鹿さんは、私が身に着けていた北欧のアウトドアブランドのアウターを見て言った。

「はい、ちょっとイイやつです」

汚れるので高いウェアはやめた方がいい。そう妻鹿さんからの事前のアドバイスがあったが、迷った挙句、過酷なルートこそ値段なりの性能を発揮してもらおうと、私は敢えてお気に入りのコバルトブルーのアウターを着て来たのだった。

「なるほどね」と笑った妻鹿さんのヤッケはやはりホームセンターで買ったらしい、よくわからないロゴのついたものだった。帽子は被らず、代わりに赤色の汗止めバンドを巻き、そして今日は妻鹿さんも登山靴を履いている。

「今日はね、西山谷から入って天狗岩。それから適当に東に進んで芦屋まで抜けて行こうか。こんな感じ」と、妻鹿さんはスマホの画面のルートを私に見せた。妻鹿さんが計画したルートの距離は一〇キロ程で、当然それは険しいルートではあるのだろうけれど、一日かけるのであれば距離としては短く、私にも配慮してくれているようだった。

駅から山の取り付きまではバスで行く。私は妻鹿さんと並んでバスの座席に座り、渦森台まで向かった。国道二号線を左折して住吉川。川沿いを北上し、いくつか橋を過ぎると山間の風景になった。

「いい感じですね」

「うん。でも駅から歩くとさすがに長いからね」

そう答える妻鹿さんは社内にいる時よりも、ずっと常識人に見えた。春になれば桜が綺麗なのだという川沿いの道をバスはぐんぐんと上る。新聞の専売所を過ぎ、石材店のある橋を渡って公園の前でバスを降りた。

そこからU字に折り返した急坂を山に向かって登って歩く。斜面に城砦のように建つマンションが見える。そこは山の端の住宅街だった。高台になったところに鯉が泳ぐ石積の人工池があり、その先が山だった。ステッキを握った老人が降りて来る。日課の散歩なのだろう。「オハヨウさん!」と声をかけられ、挨拶をして擦れ違い、山に入る。

木立の中に猪を捕獲する為の巨大な鋼製の檻が据えてある。木立の道を抜けるとまた住宅街に出た。住宅地の端、山に続く道は赤胴色の柵で行き止まりになっており、「近づくと危険」という看板まで脇にあったが、妻鹿さんは当たり前のように柵の隙間を抜けようとする。「いいんですか？」続きながら訊く。「ん？　大丈夫だよ。ここはメジャールートだから」

柵の奥には河原があった。草を左右に分けた小径を進むと、右手に水の音がして石ばかりの小川が見えた。それからしばらく川沿いの径を歩き、流れの中の石の上を跳んで対岸に移る。褪色した草の中には夥しい数の石が転がって、ひどく殺伐とした風景だった。

「ここは巻いていくよ」河原の径が途切れると、妻鹿さんはそう言って山側の斜面を駆け登って行く。小川は峪に変わる。左手にダムのように巨大な堰堤が見えた。壁面の水抜き穴から流れ出た水が黒い苔に覆われた表面を波打ちながら這っている。

峪を塞ぐ堰堤の内側は砂が滞留して砂洲になっていた。思いのほかそれは広く、砂の緩い勾配の中にいくつか水溜まりが見え、またそれを繋ぐ水の流れもあった。陽を受けた流れが銀色に顫えながら堰堤の縁に注ぎ込んでいる。

「じゃ、ちょっと装備整えよっか」妻鹿さんは木の根方にザックを下ろすと、ヘルメットを被り、チェーンスパイクを靴に着けた。それからロープ、グローブ。ザックからピッケルを外すと、それを地面に突き立てた。

「妻鹿さん、そのピッケル、いつも持ってますね」

登山靴にチェーンスパイクを被せながら私は言った。去年の常務の送別会山行の時にも持っていたし、山行記録の画像のいくつかにもそれは写り込んでいた。

「これね、ピッケルじゃないんだよ。ピックステッキ。ピッケルとストックのハーフ。伸縮できるし、軽いから取り廻しが楽でね。波多くんもこの先でその意味がわかるよ」妻鹿さんは寒さに赤らむ頬に皺を寄せて笑った。

河原の岩の間に白い流れが見える。岩に跳び移って流れを渡り、草を踏みながら峪の奥に進む。堰堤を何度も斜面に「巻く」途中、妻鹿さんがほらと指さす方に目印の赤テープが見えた。場所によってはトラロープが垂れている箇所もある。やはり同好の士がいて、ここはそのルートなのだ。「でもアレも信用しすぎると危ないけどね。ルートはあくまで自分で判断するものだから」

急斜面は木の幹や根、岩を手掛かりに登る。が、それが乏しい箇所は急勾配に滑り落ちそうになる。そんな場所では靴に着けたチェーンスパイクが利いて踏ん張れた。勾配を登る際、妻鹿さんは例のピックステッキのヘッドを斜面に打ちつけ、それを手掛かりに快速で登っていく。それは素手の私のほとんど倍のスピードだった。

斜面に貼りつき足を掛け、手掛かりを摑み懸垂して、身体をぐっと持ち上げる。そうやって全身で攀じ登る。登山口から入って登山道を歩く、そんな当たり前の登山とはまるで違い、アスレチックに近かった。急斜面が続くと息が上がる。ヘルメットから汗が流れ、アウターにも熱が籠って、私は堪らずジッパーを下げた。

小さな堰堤を越えると急に峪は狭まって、山への抜け道のように樹林の中に暗く続く。奥に目印のように点々と白いものが揺れているのが見えた。

峪間の流れの中にザブザブと水を飛ばして妻鹿さんは踏み入って行く。躊躇いながら私も倣って足を入れる。登山靴をのんで水は黒く膨れ、脚を抜く度、白くはじけた。「ゴアテックス防水なので踝くらいまでの深さなら、全然大丈夫ですよ」登山靴を買った時、そんな説明を店員から聞いたが、これまでそんな機会はなかったのだ。

沢沿いを登って進む。流れの先にいくつも白く砕ける小滝が見えた。目印の正体はそれだった。小柄な妻鹿さんは軽い身のこなしで、岩に手をつき足を掛け、スルスルと岩場を登っていく。私も必死になって従《つ》いていくが、濡れた岩の上では腰が引けた。妻鹿さんは時折、気にするように振り返ってはいたが、私を待つわけではなく、視界から消えない程度に先を行くのだった。

流れの先に水が落ちる音がして、目をやると背を越える高さの小滝があった。これはどうやって越えていくのだろう。そう思って屈んだまま見上げていると、妻鹿さんは降り掛かる水に構わず滝の岩に取りついて簡単に登ってしまった。もう私も濡れることは諦めて、妻鹿さんが手掛かりにした岩の凹凸に沿って登ると、意外と簡単に登ることができた。

「いいですね！」滝を越え、私は興奮して妻鹿さんに声を掛けた。

振り向いた妻鹿さんはニコリと笑う。「ここからはもっといいよ」

濡れて光る岩の上でバランスを取るように腕を広げた妻鹿さんが「滑るよ！　ここ、気をつけて」と声を出す。私は岩に手をつき腰を屈めたまま足を止めた。岩を覆う透明な水膜の中で苔が泳ぐ。グローブを取って指で触れると、ぬめりがあった。濡れた苔に覆われた岩の上をチェーンスパイクの歯で確かめながら足を運ぶ。

木の根を摑んで身体を引き上げる。妻鹿さんを追いながらも私は、流れに洗われている岩の、その精緻な造形に目を奪われていた。鑿《のみ》で切り出したような鋭利な凹凸の中に、緑や白や黄の微細な紋様が織り込まれている。それもこうして流れの中を辿って行かなければ見ることのできないものなのだ。触れると水が白く弾けて顔に跳ねた。——これがバリか。飛沫を浴びながら私は思った。

「いいですね、妻鹿さん！」嬉しくなって、また私は言った。峪に入ってから私はそれしか言っていない。樹の幹を摑んでやっと登る急斜面、危険な岩場。それでも適切な道具を備え、慎重に行けば私でも進んでいける。もちろんそれは妻鹿さんのアテンドがあるからに違いないのだが。

いくつかの小滝を越え、流れの奥に更に進むと徐々に勾配が緩み、やや平坦なひらけた場所に出た。峪を囲う斜面から高木が伸びあがり、その葉叢がドーム状に頭上を覆っている。緑色に透かされた陽があたりに淡く満ちて、時折地面に鋭く明滅して光るのは落葉をくぐる流れだった。流れは落葉の下の岩間のあちこちに水を溜め、飛び地のようにあたりに散っていた。それを水源にやわらかい幼木が明るい色の葉をひろげている。

そんな峪の景色に圧倒され、私はいつの間にか脚を止めていた。妻鹿さんはこちらを振り向いて見ていたが、何も言わずに先に進むのだった。

岩の上に立ってあたりを見廻した。流れに沿って峪の奥、妻鹿さんが導く先はあったが、歩みを縛る道というものがない。足元も頭上も前も後ろも定められた向きというものはなく、全周すべてが山だった。登って来た方も既に草木に閉ざされ、径はない。今、私は山の中にいるのだと思った。深く息を吸い込んでみる。透明な嵐気が鼻孔を抜けて咽喉の奥に流れ込んでいくのがわかった。登山道ではいつもどこかに聞こえるハイカーの声もここでは聞こえず、あるのはただ山の音だけだった。

「よし、小休止」妻鹿さんは地面にピックステッキを刺した。あたりには苔に覆われた丸い岩が無数に転がっている。いつか崖から崩れて峪に落ち、沢に溜まって洗われて、やがて丸くなったそんな岩々が苔にのまれて山に溶けている。そして苔の上からは多肉植物が芽吹き、そこにまた蜘蛛が光る糸を掛けている。

近づいてスマホで撮ってみたが、その細い光の条《すじ》は画像には写らない。何度か試してみたがやはり撮れない。

「撮れないでしょ？　そういうの多いんだよ」ボトルから口を離して妻鹿さんが言う。妻鹿さんが山行記録に数枚残す画像も、必ずしも見た通りの景色ではないということなのだ。

立ち上がって再び流れの奥に進む。切り立った岩場。妻鹿さんは水の流れる岩に取り付き、僅かな窪みに足先を掛けてぐうっと伸びあがる。両手で樹の幹に摑まり、スパイクで土を削って斜面を登る。妻鹿さんはどの岩の、どの場所が登りやすいかを悉知しており、登攀不能に見える場所も実際に登ってみせてルートを示した。

激しく水の落ちる音。やがて峪の先に水を散らして落下する大滝が現れると、妻鹿さんはその手前で足を止めた。

「あれが西山大滝。じゃあ、ちょっと早いけど、飯にしよっか」

滝の向かい、少し離れて六帖ほどの広さの台地があって、バーナーを据えるにはちょうど良い平坦地になっていた。それぞれバーナーを出し、コッヘルで湯を沸かす。二人ともカップ麺だったが、妻鹿さんは湯を入れて一分も待たずにフタを開けると、割り箸を突っ込んで掻き混ぜて、豪快に音をたてて麺を啜り上げた。

そのまま飲むようにして麺を食べ終わると、「これがね」と言ってザックから冷や飯と食材の入ったタッパーを出した。「うまいんだよ」とカップ麺の残り汁に冷や飯を入れコッヘルに戻し、刻んだソーセージ、チーズ、味噌、胡椒を加えて再び煮立て、オジヤにして食べるという。妻鹿さんは唾をのむように喉仏を上下させながらフォークで掻き混ぜた。焙られた味噌の香ばしい匂いがする。「うまそうですね」と私が言うと、「あ、食う？じゃあ」と言って妻鹿さんがその残り汁のオジヤをコッヘルの蓋に分けようとするので「あ、いや、大丈夫です」と私は慌てて立ち上がって滝壺の方に逃げた。

腹に響く音を立てて落ちる水。登山道を外れたこんな場所に、隠されたようにこんな滝があることが不思議に思えた。滝を見上げてボトルの水を飲む。いつの間にか妻鹿さんが隣に屈んで滝の水をボトルに詰めている。

「妻鹿さん、最高じゃないですか！　バリ山行」

妻鹿さんは滝の水を飲みながら笑って応える。「ここは人気あるからね」

私は補給食に持って来ていたドーナツをザックから出し、そのひとつを妻鹿さんに渡した。「お、サンキュー」と妻鹿さんはひと口齧ってボトルの水を口に含んだ。またひと口齧り、手にしたドーナツを調べるように見てまた齧る。気に入ったようだった。

滝を見上げながら妻鹿さんの隣に腰を下ろし、私は息をついた。肩の力が抜け、頭の中にぽっかり空いた空白を感じた。ふと私は、自分が仕事のことをすっかり忘れていることに気がついた。しかし気がついて思い出し、すぐに胸苦しさを感じて、思わず口走ってしまった。

「どうなっちゃうんですかね、ウチの会社……」

言ってすぐに後悔した。妻鹿さんが会社の現状をどう考えているのか。それはずっと気になっていたが、山に来てまで仕事の話をされるのは妻鹿さんも嫌だろうし、今日、私はそれを口にしないと決めてきたのだった。

「やめようよ、波多くん」そう言われればすぐにやめるつもりだったが、「さあ、どうなるんだろうねえ」と妻鹿さんはひどく鷹揚な調子で言った。それからまたひと呼吸置いて、鼻から息を吹き出して言う。

「まぁ、でも自分の仕事をやるだけだよ」

はじめて聞いた妻鹿さんの意見に、私は軽い落胆を感じた。自分の仕事をやるだけ。それは確かにそうだろうけど、それを言ってしまえば元も子もない。私の不満をよそに、妻鹿さんは残りのドーナツを口に放り込むと、「よし、じゃ、いこっか」と議論を避けるように立ち上がった。

大滝の左側から崖を登る。降りかかる飛沫がウェアの上で丸い水滴になってパラパラと剝がれ落ちていく。「お、さすが高級ウェア!」と妻鹿さんは登りながらそんな冗談も言った。

登り切って、落ち口から滝を覗き込む。ザバザバと絶えず殺到する水が白く砕けている。足が竦み、思わず顎が上がる。「上から見ると怖いよね、登っている時はそうでもないんだけど」妻鹿さんがそっと背後から寄って言う。

峪が奥まるにつれて倒木や落石が増えた。岩が峪間を埋め尽くし、折れた樹々が組み合って行く手を阻む。遅れる私に構うことなく妻鹿さんはどんどん先に進む。幹だけになった朽木は色褪せて白く、それが幾重にも折り重なって峪の先を堙るように見せた。そこにもはや景色と言えるような穏やかさも調和もなかった。崩落の力をそのまま残し、観る者のいない混沌があった。その中に躍り込んで行く妻鹿さんが見える。それは滑稽なほど快活だった。

峪を登り詰めると、両脇から湧くように稲に似た細長い草が生い繁って周囲を覆った。一面、背を越すほどの草藪に囲まれて行き詰まり、もはやその先に進むことはできそうになかった。

「ここからは藪漕ぎだね。抜けたらゴールだから」そう言って妻鹿さんはバラクラバを引き上げて顔を隠すと、ピックステッキを構え、藪の中に突き進んだ。私は呆気にとられてそれを見ていたが、ここを進むしかないのだと思い両腕で顔を覆って後を追った。

視界はすぐに枯草色の藪に覆われ何も見えなくなった。前方から藪を掻き分け、草叢を踏み歩く音だけが聞こえる。遅れまいと藪の中で藻掻く。藪に押されて腰を屈め、這うようにして進むと、褪色した草叢の中に妻鹿さんの足が黒く過《よぎ》るのが見えた。

やがて藪の先、黒く伸びた枝の向こうに空を劃《かく》する人工的な直線が見えた。それは山上に建つ建物で、その屋根の青い扶壁《パラペット》が見えた。ようやく妻鹿さんの迷彩柄のザックが見えると、私はすぐ後についてその背中に隠れるようにして藪を進んだ。あたりに何も見えない。おそらく妻鹿さんもあの屋根だけを目印にして歩いているのだろう。草藪を抜けると笹藪があたりに拡がって、その向こう側に土塁のような黒い土手が見えた。

「ついたよ」

土手を登ると舗装路に出た。思いがけないゴールに私は呆気にとられて立ち尽くした。しかし徐々に、興奮が湧き上がって来る。

「妻鹿さん！　ありがとうございました。やっぱり大変でしたけど最高でした！」

私はザックに絡んだ葉を払っている妻鹿さんに握手を求めて手を出した。

「大袈裟だよ、波多くん」

妻鹿さんは困ったように笑いながらもそれに応え、力なく私に手を握られていた。

建物のまわりを笹藪が取り囲んでいる。もちろんそこに径はない。アプリの地図を見ると、青い屋根の建物は山中に建つハイツで、その接道は六甲山系を東西に走る舗装路のひとつだった。

「じゃ、いこっか」妻鹿さんはくるりと背を向けて、登ってきた土手を降り、また藪に入ろうとする。――え？　芦屋に下りると言っていたので、私はそのまま尾根沿いに舗装路を行き、どこかの登山道で駅まで下るものだと思っていた。やっと藪を抜けて舗装路の上で安心しきっていた私は、また藪に戻るということにひどく戸惑った。しかしそんな私の肚の内を知らず、「また藪漕ぎだよ」と妻鹿さんは構うことなく藪に入って行く。

藪の中に再び戻る。草を掻き分けながら妻鹿さんは何を目印に歩いているのか。今、歩いているところが元来たルートと同じなのか別なのか、すでに私にはわからない。しかし妻鹿さんの背中に従いて歩いていると、いつの間にか踏み跡を歩いていることに気がついた。草の根の下に湿った黒い土が見え、薙ぎ敷かれた根や茎がその中に圧し込まれている。

やがて藪が消えて踏み跡もなくなると、頭上を樹々が覆い、片側から持ち上げられるように傾斜がついて、落葉に埋まる急斜面に出た。妻鹿さんは落葉に脚を踏み入れながら「あっちまで」とピックステッキで先を指し、「いこっか」とそこを突っ切ると言う。

僅かに葉を掻き分けたような跡も見えるが、滑ればどこまでも落ちて行きそうな斜面だった。見下ろす斜度は七〇度、いやそれ以上あるようにも見える。

「波多くん、俺の踏み跡をトレースしてね。別のところは踏んじゃダメだよ」

踏み入れた脚が落葉の中に膝まで埋まる。持ち上げるように脚を引き抜くと、落葉をつけて靴が黒く濡れている。チェーンスパイクでも、歯で噛んだ腐葉土ごと滑れば意味がない。妻鹿さんもピックステッキを伸ばし、慎重に進んでいる。

峪を見降ろす。腰が引ける。刃物で斬りこまれたように鋭く狭い峪の底は暗かった。顔を上げると、いつの間にか妻鹿さんとの距離が開いている。前を行く妻鹿さんは一歩、一歩、落葉に足を摺り込ませるように進んでいる。山側の手にピックステッキを持ち替えて、その先端を漂わせるように揺らしている。滑ればすぐに斜面にピックを打ち込むという構えだ。

これまで私は妻鹿さんにアテンドされる形で歩いて来たが、いつの間にか冗談では済まされない場所に足を踏み入れている。唾を飲んだ。一度足を滑らせれば、そのまま峪底、いや、どこかの立木には引っ掛かるだろうが、そこからはどうやって戻ればいいのか。そんな考えを巡らす。動きは僅かだが、気がつけば私は激しく息を切らしていた。

妻鹿さんは落葉の中から脚を引き抜き、時折立ち止まって、大胆にも靴の裏のチェーンスパイクに団子になった腐葉土をピックステッキで叩き落としている。私は動きを最小限に留め、腰を落として縋るように手を伸ばす。足元だけを見て妻鹿さんの足跡を辿る。

ふと足元が明るくなって見上げれば、頭上を覆っていた葉叢が切れて、やっと急斜面を抜けた。難所の標石のように据えられた大岩に縋りつき、私は大きく息を吸い込んだ。全身に重い汗をかいている。すると岩の上に座っていた妻鹿さんの声が聞こえた。

「な、本物だろ？　波多くん」

本物？　私がその意味を掴みきれずにいると、「この怖さは本物だろ？　本物の危機だよ」と続けて言った。その声に異様な響きを感じて見上げると、逆光の中で黒い影になった妻鹿さんが薄く笑みを浮かべているように見えた。その危機に自ら踏み入っておきながら何の冗談だろう。訝しむ私をよそに妻鹿さんは立ち上がり「で、ここからはね」と岩の裏に廻り込み、その先の崖を覗き込んだ。

向かいからも急峻な斜面が迫り、そこは周囲の崖から突き出した半島のようになって行き詰まっていた。まさか山側の壁をロッククライミングのように登攀することはないだろうからルートミス？　引き返すのか。しかし妻鹿さんは慌てた様子もなく地図を拡げて説明を始める。

「この先に天狗岩の登山道があるんだけど、そこまで登って、また尾根沿いに下ったら大月地獄谷。荒神山の北を越えたら石切道が近いから、とりあえずそこまで行こっか」

つまり予定通りということなのだ。「ここは懸垂下降した方が早いね」妻鹿さんは崖を覗き込みながら簡単に言う。その崖を横から覗き込んで、私は笑った。

下まで優に一〇メートルはある。私の目測はアテにならないが、建物で言えば三階ほどの高さに見える、そこはほとんど垂直に切り立った断崖だった。いや、冗談だろう。笑いながら私は妻鹿さんの顔を見る。

「波多くんは懸垂下降したことある？　エイト環は波多くんに使ってもらって、俺がムンターヒッチで」と妻鹿さんはザックに提げていた8の字形の金物を外して手に持って、もう片方の手にカラビナを持った。

懸垂下降？　冗談じゃない。詳しくはないが、それはロッククライミングでやるようなロープ下降だろう。今までそんなシチュエーションはなかったし、もちろんやったこともない。それに今ここでレクチャーされても、いきなりこんな断崖絶壁を降りるのは、とてもじゃないが遠慮したい。踏み跡のあるルートを辿ってきたはずだったが、いつの間に逸れたのか。ここは行き止まりじゃないのか。いずれにしてもここは私が進める「ルート」では無い。

「やっぱりマズいか。流石に」そう妻鹿さんはひとり案を出し、ひとり結論し、立ち上がって周囲を歩いた。

「んー、やっぱ、まだここがマシだよ」言いながら妻鹿さんは戻って来てザックを下ろし、ロープを引き出しはじめた。「懸垂下降は下手にやると危ないから、ゴボウで降りよう、ね。これ、一〇メーターで切ったロープだから半分で五メーター。で、プラス二で、七メーター。ま、いけるか」

「二？　プラス二ってなんですか？　二っていうのは」

「人間だよ。手伸ばしたら波多くんは二メーターくらいあるでしょ？　俺はちょっと短いけど、ハハハ」と妻鹿さんは大笑いした。

山に入ってから、いや、折り返したあたりから、正確には落葉の急斜面からだろうか、妻鹿さんは明らかに饒舌になっている。

「とりあえずあそこの突き出た木の根まで降りて、そっからはちょっと傾斜がついてるから、たぶん降りれると思うよ」

思うよ。という妻鹿さんの口ぶりに完全に怖気づいた私は、これが冗談であることを期待して困惑の表情のまま笑っていたが、それを無視して妻鹿さんは手近な幹にロープを廻し、手早く支点をつくりはじめた。「俺が先の方がいいよね？　先に降りて下からガイドするから」

「あ、いや、妻鹿さん、ちょっとコレ、他のルートは無いんですかね？　さすがに危なくないですか？」

「大丈夫だって。こういうのってさ、やってみると意外といけるもんなんだよ。ロープさえ放さなければ絶対大丈夫だから」

そう言って妻鹿さんはロープを跨いで峪に背を向け、手繰り寄せたロープを強く引くと、笑いながら私に向かって敬礼のポーズをして、下って行った。ポイントの木の根まで難なく降りるとそこから見上げ、「うん、安定してるわあ！」と手を挙げた。それから妻鹿さんはロープを放し、跳ねるように斜面を蹴って峪底まで降りた。白い岩ばかりの涸沢に黒い格好の妻鹿さんが映える。

「おーい、波多くーん。いいよぉ」

妻鹿さんは良くてもこっちは良くない。何度も唾をのみながら、私はしばらく崖を覗いて躊躇っていた。しかしとにかく手を放さなければ墜ちることは無い。ロープさえ放さなければ。考えてみれば西山谷の鎖場でも垂直の岩場を登った。あれもそれなりの高さがあった。上がるか下がるかの違いで、あの時と同じ。とにかく握力と腕力で放しさえしなければ――。そう自ら言い聞かせ、私はロープを握り峪に背を向けた。

「そうそう。ゆっくり、足元だけ見てね」妻鹿さんの声を背中で聞きながらロープを揉むようにジリジリと崖を降りる。ロープの動きにあわせて頭上から砂と落葉が降りかかる。ロープには所どころ結び目が作ってあって、それが滑り止めになった。

木の根の上に降りた時には息が上がっていて、すぐに私はそこに縋りついた。頭髪の旋毛《つむじ》を頂点に全身の毛孔から汗が噴き出しているのがわかる。

「あ、波多くん？　ロープのさ、端の結び目を解《ほど》いて、引いてくれる？」

この状況でそんな注文をしてくる妻鹿さんに私は苛立った。しかし、そうか、このまま私が降りれば、上の木に通したロープは輪のままで、回収できない。私はロープの末端を繰り、その複雑な結び目を解くためにグローブを外した。ロープワークというものだろうか、見たこともないその結び目は簡単には解けなかった。

「いけるぅ？」妻鹿さんが下から訊く。解けた。「は、はい！」ロープを通している木は見えないが、擦れる樹皮の抵抗を感じながら私はロープを引いた。すると急にスルリと手応えが変わり、落葉と一緒にロープの塊がドッと頭の上に落ちて来た。あッ！　と思わず私は声を上げた。ロープに打たれながら、「落としていいよぉ」と言う妻鹿さんの声を聞き、投げ棄てるようにその塊を下に落とした。

「あ、波多くん。コレも落ちて来たわぁ」と、妻鹿さんは落ちたグローブを拾い上げて笑っている。そして何度かこちらに向かってグローブを投げたが、それは、ひらひらと中空を舞うばかりで、すぐに落ちてしまう。「ダメだぁ」と揶揄うような調子で妻鹿さんは言う。

それから私は「もうちょい右。そう、そこ！　そこに足置いて」と言う妻鹿さんのナビゲーションに従って、最後は少しアウターの胸のあたりを岩で擦ったが、なんとか峪底まで降りることができた。

「はい、これ。いけたね」妻鹿さんからグローブを受け取りながら崖を見上げると、上部こそややオーバーハングしているものの、確かにそれは思ったほど高くないようにも見えた。

「いや、めっちゃ怖かったですよ！」と無理に笑顔をつくり、抗議のつもりで私は言ったが、「上出来、上出来。これでショートカットになったよ」と笑う妻鹿さんにそれは伝わらないようだった。

岩だらけの涸沢を歩く。白く乾いた岩石にやはり白くなった夥しい数の倒木が混じっている。私はアプリの地図を見た。落葉の急斜面と、あの崖とを時間をかけてクリアしたが、現在地を示す点はあのゴールのハイツから僅かに東にズレただけで、ほとんど進んでいない。もちろん私が足手まといになっているのだろうが、「ショート」のその僅かな距離を進むのに、相当の時間がかかるのであれば、果たして効率としてはどうなのだろう。

スマホをアウターのポケットに入れ、胸についた白い汚れを払う。が、汚れは落ちず、指先を舐めて擦ってみたが、やはり落ちない。見ればウェアの表皮が擦れて逆剝けている。一張羅とも言えるお気に入りのコバルトブルーのアウター。ふと私は気分が萎えるのを感じた。

ルートを確かめているのか、妻鹿さんはスマホを見ながら峪を歩いている。「ここかぁ？」言いながら斜面を見上げる。「一応、貼っとくか」とポケットから例のブルーのチェック柄のマスキングテープを出して枝先に巻く。それから行ったり来たりしながら「いや、ここかな？」とルートを探していたが、やがて「ここだね」と斜面を見上げて立ち止まった。

妻鹿さんが見上げた先は藪が厚く繁って密生し、とても抜けて行けるような場所には見えなかった。

「え？　ここなんですか？」躊躇う私に「ほら見てみ。ここは斜度が緩いでしょ？」とスマホの画面を見せる。そこには地図ではなく、赤黒く葉脈が這ったような一見グロテスクな模様の地形図が映っていた。「赤色立体地図」と呼ばれるそれを見てルートを択ぶのだという。

妻鹿さんはスマホをチェストバッグの中にしまうと小型の手鋸《てのこ》を取り出し、ヘルメットを外してバラクラバを被った。「目だけは気をつけてね」そう言って繁みに身体を圧し当て枝を折り、藪の中に身を沈めた。

「え、ちょっと」と戸惑う私に構わず、妻鹿さんはずんずん繁みの中を進んで行く。「ちょっと、妻鹿さん！」とにかく私も後を追った。枝を払い、繁る藪に踏み入る。枝が折れ木が弾ける音が響く。ザワザワと身体を包む藪の中で、妻鹿さんの通った後ならば〝径〟になっているかと思ったが、藪は妻鹿さんをのみ込むとすぐにその口を閉ざす。幹、枝、葉、それに絡む蔦。その中には棘もある。ジィーと棘がザックを掻いて枝先がウェアを突く。腕で眼を庇い、顔を伏せて地面の草だけを見て登る。草に隠れた岩に躓き、転びそうになる。

「波多くん！　ストックで足元探ってねえ」妻鹿さんが大声で言う。それは早く言ってくれ。ザックに手を伸ばしたが、ザックのサイドポケットにさしたストックに手が届かない。しかしもうザックを下ろす余裕はない。腕に蔦が絡まる。藻掻くように払う。藪に揉まれ、草熱れの中で額から汗が流れた。ウェアに棘が刺さり、身体を起こそうとして太い枝に頸筋を押さえられる。それを手で除けると今度は蔦に背中を引かれる。

「合ってるんですかぁ！　ルート！　これ、合ってますかぁ！」堪らず私は叫んだ。

「――ハハハハ」何が可笑しいのか、妻鹿さんは笑い出し、その声は繁みに吸われるように消えた。

纏わりつく蔦を払って摑み、引き千切ろうと力を入れても、それは容易には切れない。妻鹿さんが手にしていた小型の鋸。ああいうものが要る。枝に衝かれ棘に掻かれ、もうザックもウェアも傷だらけだろうが、それを確かめる余裕もなかった。こんな場所ではやはりホムセンの安物のヤッケを着るべきなのだ。この混乱、無秩序、錯綜。これがいつまで続くのか。藪を払い斜面を登る。そうやって藻掻きを続けて消耗した私の進みは絶望的に遅かった。もう妻鹿さんの姿は見えず、藪を進む音も聞こえない。

やがて足元の草から岩が頭を覗かせて岩場になる。それに手を掛け攀じ登って進むと、斜面に突き立った碑のような岩が見えた。息を切らせて立ち止まり、帽子を脱いで見上げると、その岩を背に膝を立てて座っている妻鹿さんの姿が見えた。

ヤッケを脱ぎ、コンプレッションウェア一枚の妻鹿さんの両肩の筋肉が隆起している。蒸されたようにその肩や膝にのせた腕からは湯気が昇っている。

「す、すみません」やっと登りついて私は、息も絶え絶え妻鹿さんの前に膝をついた。

「ハハハ、波多くん、大丈夫？」妻鹿さんは歯を見せて笑う。「バリはさ、ルートが合ってるかじゃないんだよ。行けるかどうかだよ。行けるところがルートなんだよ」

ということは最初に見せられた山行ルートも「おおよそ」で、それは明確には決まってはおらず、駅に向かうルートもこれから見つけるということなのか。

そこからもまた隈笹が覆う斜面を掻き分けて登り、ようやく天狗岩に続く登山道に出た。

草叢から這い出た私は、倒れるように地面に突っ伏した。うずくまったままゆっくり息を吐く。「ハハハ、大袈裟だなぁ、波多くんは」頭上で妻鹿さんが笑う。急勾配を攀じ登り、径のない藪を進むことは、身体の疲労以上に神経が削られた。

顔を上げると、均されたような黄土色の道が続いている。頬についた土を拭って立ち上がる。妻鹿さんに従いて登山道を歩き出す。そして今日初めて、まともに歩く登山道の快適さに私は驚いた。念入りに整地されたような地面。土はフカフカと浮くように柔らかく、こんな道であればどこまでも歩いて行けそうに思った。整備された登山道というものがいかに人に優しく、歩く為に整えられたものであるのかを私は痛感した。「歩かされているんですよ」なんて槇さんが言っていたことの意味がわかった。

「快適ですね」思わず笑みがこぼれて、私は妻鹿さんに声を掛けた。

「だよねぇ」と妻鹿さんも振り向いて笑い、それに同意した。

登山道を歩く。難所の連続に張りつめていた私の緊張も徐々に解れ、やっと息をついたように思った。前を行く妻鹿さんも間違いなくこの凪を感じているはずだった。

アプリの地図を見る。天狗岩コース。このまま降りて行けば今朝登って来た渦森台の公園に出られる。

「じゃあ今日はこのくらいにしてこのまま下りよっか?」そんなことを妻鹿さんが言い出すことを私は祈った。予定より少し早いが、初めてだし、ここから御影駅まで歩き、駅前のどこか喫茶店でコーヒーでも飲みながら山の話をするのも良いんじゃないか。ジリジリと念ずるような気持ちで私は妻鹿さんの背中を見た。

道の曲がり角にいくつかベンチが据えてあるのが見えた。「渦森台」と案内板が立っている。私が慌てて「今日はこのまま下りませんか!」と言おうとすると、思いがけず妻鹿さんはベンチに近づき、腰を下ろした。そしてザックから例の濃紺のヤッケを引き出して言った。

「藪漕ぎはやっぱ、このツルツルがいいんだよねぇ」

ということは、また藪——。妻鹿さんのその考えを私はどうすれば覆せるのだろう。これ以上、藪を進むことを諦めさせる何か。しかし私が考えを廻らせているその間にも妻鹿さんは「藪漕ぎ」の準備を進めるのだった。「波多くんもアウターの方がいいよ。ここから下りだし」

妻鹿さんは手鋸を取り出すと、刃を開いて目の前にかざし、指の腹を刃にあててそこに詰まった屑を取り、プッと息を吹きかけた。

「ポケットボーイって言うんだよ、コレ。キャッチコピーがね〝掌に棲む〟だって。ハハハ、天才だよねホント」妻鹿さんはひとり笑う。

私はベンチから離れたまま「あ、あの、また藪ですか？　こっちに……」と案内板を指したが、バラクラバを被った妻鹿さんの表情はわからない。しかし私には妻鹿さんがニヤリと笑ったように見えた。

「トップは任せろ」それは冗談のつもりなのか、妻鹿さんはくぐもった声で言って立ち上がると、ベンチの裏の草叢を揺らしながら分け入って行く。私は慌ててグローブをつける他はなかった。

ベンチの裏はちょうど尾根筋になっていて、隆起して尖った地面には植生が少なく、しばらくは難なく歩くことが出来た。が、すぐに進路は樹木にのまれて薄暗く、乾かずに残った窪地の泥だまりが時折落とし穴のように現れた。あちこちに転がっている朽木は苔生して、暗緑に染まった幹の表皮から茸が鱗のように噴き出している。泥水の溜まった窪地を、そんな朽木を橋にして渡る。やがて左右から蔦が湧きだし、蔦の絡む草木の群生が行く先を塞ぐ。足元にも落葉が溜まって地形もわからない。「ここ狭いから、気をつけて」狭い尾根筋の両側は崖になって落ちている。

覆うような丈の高い草、棘のある細い蔦が絡み、芭蕉のように大きい葉が顔を打つ。前を行く妻鹿さんはピックステッキで枝を払い、邪魔になる枝は手鋸で軽快に音を立てて伐って進む。あたりに草熱れの湿った臭いが漂う。蔦に連なる橙や海老茶色の小粒の実が擦れて潰れ、青臭い汁がウェアにのびた。絡まる蔦を払い、草を除けると胞子が朦々と舞い上がって咽せるほどだった。

「冬はね、バリにはいい季節なんだよ。虫もいないしさ。暖かくなるとこれが大変だよ」

　妻鹿さんは散策でもするように気楽に話しながら進む。

　冬はいい季節なのか。しかしそもそも、コレの何が面白いのだろう。纏わりつき絡みつく草を必死に払いながら、私は徐々に気が滅入りはじめていた。確かにあの小滝の連なる峪は良かった。登山道では見られない景色。私にとってそれは貴重な経験だった。しかし妻鹿さんに言わせれば、あれはメジャールートだという。それはそうだろう。みんなが良いと思うからメジャーになるのだ。あれは良かった。いやあれで良かった。じゃあこの今の、今のコレ、コレは何だろう。この先に何があるのだろう。あの西山谷のゴールから再び藪の中に入って落葉の急斜面、切り立った崖、それから藪を掻き分けて登った急勾配。そしてせっかく登山道に出たのにまた藪。樹林の中で鬱蒼と暗く、景色もなく。足元には腐った倒木と泥溜まり。藪、蔦、棘――。撥ねた枝が眼を狙って鼻先を掠める。会社の登山部の仲間と登山道を歩き、眺望のある場所で休憩し、写真を撮ってお菓子を分け合う。そんなことがいかに健全で、ありがたいことなのかということを私は痛感した。

　妻鹿さんはこの先に何を求めているのだろう。誰も踏み入らない場所を歩くのだから、その径は当然険しくなる。その為の道具や知識を備え、そんな難所をクリアするというスリリングな愉しみがあるのかもしれないが、しかし百名山の山頂や、有名な難ルートを踏破するのでなく、こんな低山をデタラメに、いくら彷徨ってみたところで、誰にも知られず、その困難さも過酷さも理解されることはない。誰にも褒められず認められず、それは完全な自己満足。それどころか下手をすれば「危険行為は止めろ」、「自然を荒らすな」、「マナー違反だ」と、こんな時代だからいつ批判され、炎上の的にならないとも限らない。それでも妻鹿さんを山に、バリに駆り立てるものは何だろう。

　妻鹿さんは山刀のように手鋸を振るって黙々と藪を歩く。

「妻鹿さん……、この、奥に、何かあるんですか？」

　妻鹿さんは蔦を摑んで引き抜きながら「え？　ないよ」とことも無げに答える。

ない。やっぱりない。そう思った瞬間、私は何かの殻のようなものを踏み抜いて地面に転倒した。「大丈夫か！　波多くん！」妻鹿さんがすぐに抱き起こしてくれたが、倒れた瞬間に脚を取られ、私は右足首を捩《ね》じった。腐った幹からゆっくりと脚を引き抜いて確かめる。かなり激しく捩じったように思ったが、靴を脱いで足を動かしてみても幸い痛みはなく、靴下を下ろして見た足首にも異常はなかった。靴下を上げて靴を履き、ウェアについた落葉と泥を払いながら私は思った。こんなことの何が愉しいのだろう。

　藪を抜けると場所がひらけた。そこから脊椎動物の背中を思わせるなだらかな尾根が見渡せた。思わず「ああぁ！」という声を洩らしてしまった。妻鹿さんもひと息つくようにバラクラバを下ろし、振り返って笑みを見せた。

尾根を避けるように樹々も疎らで、落葉の下から白い土も覗いてそれが径のようで、今までの藪が嘘のように快適に歩けた。その径の傍らの緩い斜面に、掘り返したような明るい色の土が露出した窪みがいくつかあって、中に泡立った泥水が溜まっていた。

「蒐場《ぬたば》だよ。イノシシの」妻鹿さんはピックステッキでそれを指した。

それから妻鹿さんは、尾根の脇の傾斜を小走りに降りて行き、座るのに手頃な倒木を見つけると「よし、波多くん、ちょっと休憩しよう」とザックを下ろした。

妻鹿さんはザックからバーナーを取り出す。「コーヒータイム。波多くんのもあるからね」

私もザックを下ろして幹の上に座ると、腰から下が幹の中に沈んでいくように感じた。樹々の葉叢に砕けた陽が、落葉の上に白い粒になって落ちている。風が吹くと樹々と一緒に粒も揺れた。妻鹿さんは幹の上にバーナーを据え、ボトルに詰めた滝の水をコッヘルの中にポトポトとおとす。バーナーに火を点け、湯を沸かす。ザックの中からアルミの筒を取り出すとそれを揺すってシャッシャッと鳴らし、「ほら」と言って中のコーヒー豆を私に見せた。甘く濃い匂いが鼻をつく。

「これはモカマタリ。俺、コーヒー好きでね。あと、ちょっと荷物になっちゃうんだけど」言いながらザックから小型のミルマシーンを出した。中に豆を入れてレバーを拡げ、妻鹿さんはその場でコリコリと豆を挽き始めた。

「これがね、最高なんだよ。誰も来ない、こんなところでコーヒー淹れてさ。この自然をひとり占めだよ。こんな贅沢なことある？　俺だけ。あ、今日は波多くんもいるけどさ、ハハハ」

葉叢の間に、左右から延びた稜線が折り重なって、溶けあうように泥《なず》む山裾が僅かに見えた。しかしそれを眺望と言うには無理がある。行く先に何もなければルートにはならず、またその道のりが険しければ誰も来ない。

「なんか、すごいですね……」

「ハハハ、別にすごくないよ、我流だし。低山しか知らないしね、――カップある？」

「今更ですけど、なんで妻鹿さんはバリをやってるんですか？」

問いと一緒にステンカップを差し出した。

「おもしろいからだよ」

栓を捻ってバーナーを止める。ガスの噴射が止まると、静けさと一緒に山の音が立ち上がる。樹々が揺れて葉叢が騒めく。ぷつぷつと内側に泡をつけたコッヘルに湯気が立つ。カップを並べ、ドリッパーを組んで上に置く。妻鹿さんはジップロックからフィルターを取り出して何度か擦り合わせてやっと拡げた。トントントンと指で弾きながら、挽いた豆の粉をフィルターに落として均し、その上にコッヘルから器用に少しずつ熱湯を垂らす。泡がいくつも膨れ、甘く香る。

「いいですね」

「いいでしょ？　最高だよ」

ぷくぷくと細かい泡が湧き、湯気が廻りながら昇って木立の中に消えていく。渡されたカップを覗くと、赤に近い琥珀色のコーヒーが揺れていた。一口飲んで息を吐く。

「うまいです！　妻鹿さん」

妻鹿さんもカップから口を離して笑みを見せた。

「メジャーなルートの、ああいう峪もいいんだけどさ、こういう場所がやっぱりバリの醍醐味じゃないかな。何もないんだけど、だから誰も来ないし。ま、あるとすればコレ、この誰もいない空間だね。ここでこうしてコーヒー飲んでさ、最高でしょ」

逆なのだ。妻鹿さんは何か特別な風景を求めて登山道を外れ、難所に足を踏み入れているのかと思っていたが、そうではなく、誰もいない場所に行こうとして登山道を外れているのだ。そうやって妻鹿さんは毎週末、山に入り、藪に分け入って、会社も、仕事のことも忘れ、もしかしたら家族の問題も忘れ、ひとりコーヒーを飲んでいるのだ。

これが妻鹿さんの愉しみなのだ。確かに、こういう週末もいいのかも知れない。妻鹿さんのように慣れれば、ああいう藪も、もしかするとさほど苦もなく進めるのかも知れない。

ふと、私は舌の上に豆の粒を感じて指の先で取る。——いや、今日は週末ではない。平日だ。私は有給休暇をもらって山に来たのだった。そう思うと私は急に胸苦しさを感じた。今、こうして二人、平日の昼間に、登山道を外れた山の中でコーヒーを飲んでいるが、その間も現場は動き、服部課長と栗城はアーヴィンの事務所で脚立に跨って電球交換でもさせられているかも知れなかった。妻鹿さんは振休で私は有休。つまりそれは会社の制度の中で、その枠の外ではない。言ってしまえば、この瞬間にも二人ともにこの日の分の給与は支給されているわけだった。その会社は危機で、人員削減が検討され、その為の個人面談もはじまっている。自分がその対象にならないとも限らない。それを、そんなことを妻鹿さんは本当に忘れられているのだろうか。「自分の仕事をやるだけ」そんなありきたりの答えが、妻鹿さんの本音だろうか。

「妻鹿さん、面談終わりました?」こんな時にこんな場所で、全く野暮だと思いながらも私は口にせずにはおれなかった。

「あぁ、なんかやってるねえ。俺はまだ」妻鹿さんは嫌な顔もせずに答える。

「僕もまだです。——すみません。こんなところで、また仕事の話しちゃいますけど……。常務が辞めて、会社もいろいろ変わって、アーヴィンのこととか。なんかちょっとウチ、ヤバいじゃないですか。社内でもいろんな話ありますけど」そんな中で相変わらず、勝手に材料を持ち出して、独断で顧客の対応を続け、そういう無茶をしながら自分は無関係とばかりに毎週、毎週山に登ってますけど、妻鹿さんは不安じゃないんですか?

本当はそこまで全部、吐き出してしまいたかったが、もちろんそんなことは言えず、私は話を曲げた。

「社長もずっと角さんと出掛けてますし、植村さんとか、課長とかとちゃんと話できないんじゃないですかね？　もう小西たちも余裕なくなってますよ」

「確かに迷走してるよね」と妻鹿さんは頷き、コーヒーを一口飲む。「うん、俺はね、やっぱり小さい取引先も残した方がいいと思うんだよ。せっかくこれまで藤木さんが時間かけて開拓したんだしさ。アーヴィンもいいけど、結局下請だしさ、いつ向こうの都合で切られるかわからないからね。だから、これまでの顧客とはちゃんと繋がりを保っておこうと思ってさ、実は俺、密かに動いてるんだよ」

「あ、いや妻鹿さん、バレてます、それ……」

「あ、そう？　ハハハ、じゃ堂々とやるか」妻鹿さんは仰け反るように笑った。

「あんまり勝手なことするのはマズいですよ、今……」気を悪くするのを懼れ、笑いながらだったが、それでも私は窘めた。

「そう？　でも俺は自分のことをやるだけだよ」

「いや、そう簡単に言いますけど……」やはり婉曲な言い方では妻鹿さんには伝わらない。私はカップを両手で握ってしばらく黙った。

「だって結局わからないでしょ」不意に妻鹿さんが口を開く。

「わからないって、何がですか？」

「どうなるかって、先のこと。みんな集まって騒いでさ、果てしのない議論したところで、実際どうなるかわからないでしょ」

いやどうだろう。わからないだろうか。アーヴィンの業績は確実に悪化していて、その見通しが改善しなければ工事の発注は保留されたまま、今後の修繕計画も凍結。そうなればウチの息の根が止まりかねない。もちろんそれも不確定だが、その危機は既に予測を超えていて、想定していかなければならないものじゃないだろうか。

でも――。と私が言いかけて、先に口を開いたのは妻鹿さんだった。

「でも波多くん、あれは本物だったでしょ？　あれはホント怖かったよね」

何のことを言っているのか、私はすぐにはわからなかった。――本物。それはあの時、あの落葉の急斜面を辛くも抜けて、縋りついた岩の上から妻鹿さんが私に言った言葉だ。

「あれは本物だったでしょ？　本物の危機、あれだよ」

「あれはほんと、怖かったです」

「会社がどうなるかとかさ、そういう恐怖とか不安感ってさ、自分で作り出してるもんだよ。それが増殖して伝染するんだよ。今、会社でもみんなちょっとおかしくなってるでしょ。でもそれは予測だし、イメージって言うか、不安感の、感でさ、それは本物じゃないんだよ。まぼろしだよ。だからね、だからやるしかないんだよ、実際に」

あの時の、あの言葉はそういう意味だったのか。妻鹿さんは山行中、そんなことを考えていたのか。やはりこの人は、少しおかしいのかも知れない。

「なんかねえ、バリをやってるといろんなことを考えちゃうんだよ。で、それでも確かなもの、間違いないものってさ、目の前の崖の手掛かりとか足掛かり、もうそれだけ。それにどう対処するか。これは本物。どう自分の身を守るか、どう切り抜けるか。こんな低山でも、判断ひとつ間違えばホントに死ぬからね。もう意味とか感じとか、そんなモヤモヤしたものじゃなくてさ。だからとにかく実体と組み合ってさ、やっぱりやるしかないんだよ」

妻鹿さんの言うことを私は半分でも理解できているだろうか。それは山の話で、私にはどうしても雲を摑むような話にしか聞こえなかった。

「いや、すみません、話を戻しますが、やっぱり会社ですから、売り上げとか、受注状況とかも数字で出ますし、それも本物じゃないんですか？　数字に基づいて予測して対策して、ちゃんと手を打っていかないとダメじゃないですか」

「ま、それはそうだけど、でも社員同士で集まって騒いでさ、ジタバタすることじゃないよ」

私の中で何か堅いものが強く打《ぶ》つかる音がした。妻鹿さんはバカに落ち着いている。しかし私は落ち着いていられない。いざとなればまた身の振り方を考えなければならない。

社歴も浅く、特別目立った実績があるわけじゃない私が人員整理の対象になる可能性は十分にある。そうならない為に、だから私はジタバタして、小西の集まりにも、服部課長の集まりにも、工事課の集まりにだって顔を出した。そもそも登山部に参加したのも前職の「反省」があったからだ。あの昼の居酒屋の、薄暗い店内を今でも夢に見る。寝汗をかいて夜中に目を覚ます。転職して三年以上。娘も産まれ、引っ越して、ようやく落ち着いて来た。その生活をまた揺るがして家族を不安に陥れるようなことだけはしたくない。

「みんなでヤバいヤバいって言い合ってさ、そういうことよりももっと現実というか、本物の危機と向き合わなきゃ」

「じゃあ妻鹿さんは！　向き合ってるんですか！」言って突っかかりそうになるのを何とか抑えて唇を噛んでいたが、ふと私はある疑念を持った。

――知らないんじゃないのか？　もしかするとこの人は、人員整理の話自体を知らないんじゃないのか。上期の反省という建前で個人面談が行われることは営業会議でも伝えられていた。しかし人員整理。そんなことが公にされることはない。あくまでそれは集まった社員たちの中での話だが、間違いなくそれはある。カップの縁に唇をあてたまま私は考えた。口の中にモカマタリの苦味が染み出してくる。

妻鹿さんはカップを啜り、雫を切って立ち上がった。

「じゃ、いこっか」

妻鹿さんの後について尾根を下って歩く。そこは尾根に沿って土も見え、自然の径になっていて、登山道と錯覚するほど快適に歩けた。

「山ン中をさ、ひとりで歩くとね」ザックを揺らして前を行く妻鹿さんが口を開く。

「――感じるんだよ。崖とか斜面を攀じ登った後ってさ、全身が熱くなって昂ってね。墜ちたら死ぬような危ないところだと特に。で、そういう後で、誰にも会わずに淡々と、ずぅっとこんな径を歩くとさ、聞こえるのは山の音だけで、あとは自分の呼吸と足音。それが混ざって、なんか気が遠くなって、ボーッとしちゃって。そしたら感じるんだよ。もう自分も山も関係なくなって、境目もなくて、みんな溶け合うような感覚。もう自分は何ものでもなくて、満たされる感じになるんだよ」

私は妻鹿さんが何を言っているのかわからない。

「おもしろいですね。そういうのも」私は少し面倒になって、ぞんざいに答えた。

「だからさ、やっぱりこれはバリじゃないんだよ」

「え？」一瞬で頭が冷え、すぐに熱くなるのを感じた。――バリじゃない。

「バリはやっぱりひとりじゃなきゃ。ひとりじゃないと、感じられないでしょ」

私は何も答えず、黙って歩いた。違和感、蟠《わだかま》り、ざらついた抵抗を肚の底に感じながら歩いた。私がバリを知らないのなら、妻鹿さんも会社の実態を知らない。――一番危ないのは妻鹿。妻鹿さんはそんな自分の現状を知らず、いや知ろうともせず、一日中山に入って遊んでいる。自ら進んで危険な場所に入って「本物の危機」だと言って、山を歩いて妙な感覚に浸っている。それは実際、妻鹿さんの感じていることなのだろうが、妻鹿さんも結局、山を下りるわけで、山から下りれば街がある。街があって自宅があり、仕事もあって、生活がある。結局、妻鹿さんも街からは逃れられない。

「不安とか、ないんですか？」

「え？　そりゃあるけど、それはそれでいいんじゃないかな」

尾根が切れて径が途絶えた。妻鹿さんは行きあたった草叢の裏を「ちょっと見てくる」と廻り込んで斜面を降りて行った。下方からは微かに水の音がする。覗くと斜面の先の繁みの奥に白く光る流れが見えた。「いける、いける！」と幹を手に斜面に立つ妻鹿さんは手を挙げて笑った。


午後二時過ぎ。峪底の岩場を歩く。妻鹿さんはスマホで例の地形図を見ているらしかった。いずれにしてもまた斜面を登り返すことになるのだろう。「どうかなぁ」と言いながら妻鹿さんは時おり斜面に取りついて二、三メートル攀じ登り、ピックステッキで藪の中を探った。何度かそうやって登り「ダメだ。ザレてる」と言って砂利を落としながら降りてくる。そしてスマホの画面を睨みながら来た径を戻り、同じようにまた斜面に取りつく。数ヵ所試みて「うーん、ここかなぁ」と言って妻鹿さんが見上げた場所は白茶けた岩石が混じる斜面だった。妻鹿さんは手の届かない木の根に、錘《おもり》をつけたロープを投げ掛けて最初の手掛かりにした。

「あ、そうそう、ここは波多くんがコレ使ってよ」ロープを引きながら妻鹿さんはピックステッキを私に差し出した。妻鹿さんは？　と訊くと、いつの間にか大型のマイナスドライバーを手にしている。「俺はコレ。バリ屋の定番アイテムだよ」そう言って笑い、ロープを手繰って引いて斜面に取り付いた。右足を土の窪みに左膝を木の根に掛けるとロープを緊張させ、遠投するように振りかぶり、ドライバーを斜面に突き立てた。「マサ化してる岩があるから、気をつけて。崩れるよ。御影石」

一手一手、確かめるように妻鹿さんは登っていく。後について私も登る。ピックステッキを振って斜面に打ち付ける。深く入れば、体重を預けられるほどの安定感がある。確かにこれがあれば急斜面も進んで行ける。ところが妻鹿さんが言ったように、岩には摑むとパカリと取れるものもある。取れた岩の欠片は手の中でもろもろと簡単に砕けてしまう。これがマサ化というやつで、うっかりそれを手掛かりにすると、力を掛けた瞬間に崩れ、滑落する危険がある。岩を確かめながら摑み、あるいは避け、斜面の岩や土や木の根にピックステッキの刃を掛けながら登る。

この御影石のマサ化さえなければ、草木がそれほど蔓延《はびこ》っていないこんな斜面はピックステッキでもっと大胆に登攀できるのだろう。前を行く妻鹿さんはマイナスドライバーを手に手掛かりを慎重に探りながら登っていた。二〇分くらいそうやって斜面に貼り付いて、しかしあまり進捗がなかった。吹き曝しの峪は寒く、インナーに滲みた汗に身体が冷えた。私は足場になりそうな根方に移ってザックからアウターを引き抜いて羽織った。眩しいだけの西陽がチラチラと常緑樹の葉の上を滑り、岩の輪郭や土の凹凸、それらの陰影をくっきりと縁取っていく。影が伸びて山の色を変え、山鳥が長く啼いた。それでもやっぱり妻鹿さんは焦ることなく、あくまで慎重に斜面を登っている。そんな妻鹿さんを私は少し面倒に思った。

探りながら登る妻鹿さんの後をトレースして登る私はすぐに妻鹿さんに追いつき、その脚下で待っていたが、ふとそのラインから外れて登り、傍らに出た。

「僕が先に行きましょうか？　これ借りてますし」

少し驚いたような表情で私の顔を見て「そう？　じゃやってみる？　気をつけ――」妻鹿さんが言い終わらぬうちに、私はピッケルスティックを振り上げて斜面に打ち付けた。砕けた砂礫がヘルメットに降り掛かってコツコツと鳴る。それを浴びながら払うこともせず、私は斜面を掘るようにピッケルスティックを振って登った。

「波多くん、急ぐなぁ！　慎重に――」下からの妻鹿さんの声に「はい」と返していたが、やがて私はそれにも応えず、ピッケルスティックを振り上げ、先を急いだ。肚の底で撥ね返ってくるものがある。〝これはバリじゃない〟何もわかっていない。そう言われたように思った。力を込めて刃を斜面に突き立てる。全身が燃えて頭の先まで熱くなる。ヘルメットから汗が流れ、砂が降り掛かって頬や眼尻に貼りついてくる。

先の斜面に太い樹の株が見えた。株に乗り上がって跨った。峪を背に斜面に凭れて息を吐き、私はヘルメットを取って額を拭った。「すっかりバリ屋だな、波多くん！」妻鹿さんの声が下方から聞こえる。

「いいですねコレ！ 使え――」言った瞬間、目の前が跳ね、破裂音とともに白煙が湧いた。土砂が流れ出し、私は宙に浮いた。そして灼けるような熱さを胸に感じた直後、グンと吊られる衝撃があって目の前に木の幹が見えると、訳もわからず縋りついた。ザックの中からバラバラと携行品が落ちていくのが見えた。リーシュコードで吊られたピックステッキが足もとで揺れている。

「波多くん！ 波多くん！」今度は妻鹿さんの声が上から聞こえる。すぐに声が出ない。やがて私は自分が滑落し、斜面の木に引っ掛かったことを理解した。墜ちる途中で、一瞬妻鹿さんが見えた気がした。幸い妻鹿さんと私の位置はズレていて、滑落に妻鹿さんを巻き込むことはなかった。

「大丈夫かぁあ！」妻鹿さんが上から頻りに叫んでいる。

「は、はい！」やっと答えた私は、幹に縋りついたまま身体の異常を確かめた。アウターは胸のあたりから大きく裂けていたが、身体には痛みも違和感もない。怪我もないようだった。調子に乗り過ぎた。跨った木が埋まっていたあたりが全てマサ化していたのだ。

「怪我ないかぁー！　動けるかぁ！」マイナスドライバー一本の妻鹿さんはその場で大声を出し、状況を確認している。

「怪我は、ないです！　登ります」そう答えたものの、私は直径五センチほどの細い幹に取り付いてやっと身体を支えていた。枝を払って見上げると、朽ちかけている老木の幹が一本見えたが、それから先がどう考えても続かない。左は濃く絡み合った枝に遮られ、突破するのは不可能に見えた。右は手掛かりの無い白土の急斜面で、三メートルほど離れて蛇のようにうねる緑色の幹がある。しかしそこにはどう手を伸ばしても届きそうになかった。

動けない。この足場と峪底の落差は二〇メートルはある。その目測は正しいだろうか。いや今は数値などどうでもいい。私ははっきりと恐怖を感じた。自分の生命の危機を感じた。もしこの足場が崩れれば今度は峪底に墜落する。そう考えると、あの宙に浮いた感覚が蘇り、身体が強張りはじめる。この高さから墜ちれば骨折では済まない。脚があらぬ方に折れ曲がるか、折れた骨が肉を突き破るか、裂開した傷口から血が溢れ、私は自分で自分の白い骨を見るのだろうか。全身が熱くなって神経が騒ぎはじめ、麻痺するように感覚が遠くなる。――まさかそんな。血溜まりの中で両脚が折れ曲がった自分が倒れている。そんな凄惨な光景が浮かぶ。口の中が渇き、足が顫え出す。皮膚が乾き全身の毛孔がひらくのがわかる。

「波多くん！　動けるかぁ！　上がれそうかぁ！」ずっと妻鹿さんが声を出し続けていることにやっと気づく。「ダメです。厳しいです！」渇いた口の中で貼りつく舌を剝がしながら叫ぶ。「厳しいです！」

本物だろ？　本物の危機だろ？　不意にあの妻鹿さんの言葉を思い出した。今、まさか妻鹿さんはそんなことを言わないだろうが、これこそがまさに本物の危機だ。幹に縋りながら顫え、私は今更、自分の浅はかさを呪った。

これは、こんなことは、所詮遊びだ。会社から休みをもらって、遊びで山に来ている。そんな遊びで、危険な場所に自ら入り込んで大怪我でもすれば、見舞いの言葉よりも先に「何しとんねん！」と私は課長からどやされるだろう。いや今は、今は、そんなことどうでもいい。今、この目の前の、危機に。この危機、なぜ、こんなことになっているのか。苛立ちがあった。反発があった。前を行く妻鹿さんが遅かった。虫が這うように遅かった。身体が冷えた。ウェアを着た。それから――。幸い怪我は無いがこのコバルトブルーのウェアはもう完全にゴミになった。いや、だから今、そんなことどうでもいい。混乱して思考が散りぢりになって順を追わない。あらゆるイメージと音が浮かび、飛び交う。無線機の音。無数の人の声。担架。手術。休職――。「なにしてんのよおッ！」叫ぶ妻。病室の窓。

上方から頻りに金具を打つ音と繊維を擦り合わせるような音がする。すると、近くにロープがぱらりと垂れて、それがユラユラと不規則に揺れたかと思うと、滑るように妻鹿さんが降りて来た。「よし、もう大丈夫」

妻鹿さんは腹の下につけたエイト環にロープを結んで固定して、ロープの余りを緑の幹に括りつけた。「握ってたら絶対大丈夫だから」と妻鹿さんは睨むように私を見て頷き、ロープの先端を投げて寄越した。

迷っている余裕はなかった。私は肘に何重にもロープを巻き付けて摑み、跳んだ。ズッと身体が摺り落ちたが、私は藻搔くように斜面を足で削り、なんとか緑色の幹にしがみついた。「ナイス、ナイス！　波多くん！」と妻鹿さんは私の背中を何度も叩いた。ガクガクと顫えながら頷き、やっと息を吸う。私は呼吸を忘れていた。

そこからは妻鹿さんが先に登って支点を作り、ロープを垂らし、それを手掛かりに私が登った。そんな手間のかかることを延々と繰り返し、やっと斜面から這い出ることが出来た。

「派手にいったなぁ」

仰向けに倒れた私の横で、腰をかがめた妻鹿さんは破れたアウターを見て笑った。「いくらするの？　これ」私のコバルトブルーのウェアは胸から腹にかけてぱっくりと裂け、灰色の中綿がとび出していた。ザックから峪に落としたものはストック、充電バッテリー、ホイッスル、補給食、あとはもうわからない――。妻鹿さんがいたから助かったが、もしこれがひとりだったら。私は幹を抱いたまま身動き出来ず、徐々に沈む陽に追い立てられ、やがて無理に肚を決め、離れた木に跳びつこうとして峪に墜落していただろう。重傷。いや、こんな場所では発見されず、死んでいただろう。

「ちょっと時間押しちゃったね。さ、行こ」

私はゆっくりと身体を起こす。妻鹿さんも立ち上がり、緩い斜面を登り始めた。その上は舗装された小道だった。そこを渡って反対側に下る。下った先は登山道だった。流石に妻鹿さんもそこからは登山道を択ぶようだった。陽が翳りはじめた山中を妻鹿さんに従いて私は滑落の恐怖を引き摺ったまま、無言で歩いた。

危なかった。死にかけた。今朝、家を出る時はもちろんそんなことは考えていなかった。私が死んだら、どうなる。妻はひとりで娘を養い、娘は父親を知らずに育つ。もちろんあの社宅からも出なければならない。もはや私が失職するとかそういう次元の問題ではない。山は所詮遊びで、命を懸けることじゃない。

妻鹿さんが前を行く。ザックに吊るしたヘルメット、土に汚れたスリングがカラビナとともに揺れている。チェーンスパイクを履き、肩にロープを掛け、手にはピックステッキを提げている。その姿は物々しい。里山とも言える低山の六甲山をそんな格好で歩く妻鹿さんは、やっぱり何か間違っている。

違うんじゃないですかね、妻鹿さん。「本物の危機」は山じゃなくて、やっぱり街にあって、向き合っていないのは妻鹿さんなんじゃないですか？　妻鹿さんがこうやって山に入って、崖に貼り付いていられるのも、街があって仕事があるからじゃないですか？　実体を見ていないのは妻鹿さんで、それは知らないからじゃないですか？　――一番危ないのは妻鹿。もちろんそれも誰かの意見で、それこそ予測かも知れないけれど、妻鹿さんが知らないのであれば、私はそれを伝えるべきだろう。あの時、私が黙ったのは、その方が自分にとって都合がいいからだ。

　私は息を吸って口をひらいた。「あ、あの、妻鹿さん――」ずっと黙っていた咽喉は掠れて、うまく声にならなかった。

「ね、感じるでしょ？　波多くん」

　遮るように差し込まれた妻鹿さんのその言葉に、私は耳を疑った。

「ああやってギリギリ斜面を登ってさ、もう予想とか雰囲気とかそんなもんじゃなく、問答無用で生きるか死ぬか。まさに本物だよ。ひりつくような、そんな感覚。それを感じてさ、こうして山を歩いてさ、ま、今日はひとりじゃないけど、それでも波多くん、なんか感じるでしょ？」囁くように妻鹿さんが言う。

　急に私は腹部が引き攣って波打ち、嘔吐《えず》きそうになった。

「俺も何度も死にかけてさ、あ、ヤバいとか思って――」

「感じませんよ！」思いがけず大きな声が出た。

足を止め、振り向いた妻鹿さんの驚きと戸惑いの顔を見たが、もう私は止まらなかった。

「そんなもの感じるわけないじゃないですか！　死にかけたんですよ！」

言いながら足が震えていた。滑落の恐怖か、怒りなのか、昂奮のせいなのかわからない。感じる？　そんな感覚があるとしても、私はそんなことは言えない。とても言えない。これは遊びで、遊びで山に来て死にかけて、そんなものを感じている場合ではない。

「山は遊びですよ。遊びで死んだら意味ないじゃないですか！　本物の危機は山じゃないですよ。街ですよ！　生活ですよ。妻鹿さんはそれから逃げてるだけじゃないですか！　ズルくないですか？　不安から眼を逸らして、山は、バリは刺激的ですけど、いや〝本物〟って、刺激的なもんじゃなく、もっと当たり前の日常にあるもんじゃないですか。妻鹿さんも、弟さん――」言いかけて口を噤み、唾を飲み込んだ。

「――ご家族がいるでしょ！　いいんですか？　仕事でも山でも好き勝手やって。妻鹿さんも責任があるんじゃないんですか？　妻鹿さんが死んだらどうするんですか。無茶やって、本物の危機とか、妙な感覚か何か知らないですけど、逃げてるだけじゃないんですか、向き合うのは山じゃなくて、生活ですよ。会社ですよ。個人面談って、あれ、人員整理ですよ？　妻鹿さん、一番危ないって言われてますよ？　好き勝手やってたら、ほんと危ないですよ」

息が切れていた。言ってしまって、全て言って吐き出して、私は嘔吐の後の快さに近いものを感じていた。遠くで空が鳴っていた。

驚いた顔のまま聞いていた妻鹿さんは、息を吸い込み、何かを言おうとしたが、それを苦しそうに飲み込んで、黙っていた。

背の高い杉木立に覆われてあたりは沈むように暗く、木立の向こうに散り散りの西陽が見えた。

「……いこっか」妻鹿さんはゆっくりと前を向き、また歩き始めた。

ふたり無言で登山道を歩く。私は今更、口の端に苦い胃液のような後味の悪さを感じていた。陽が翳って山は色を深めていた。登山道を進む脚は重たく、もう快適さはなかった。距離自体は一〇キロも歩いていないはずだったが持ち上げた脚は顫え、踏ん張ると太腿の裏側に鈍痛を感じた。そして捩じった右足首にも違和感が出はじめていた。

途中、再びバリに入った。「そんなに長くないから」と言う妻鹿さんに、私は気づまりから「わかりました……」と項垂れるように頷いた。このまま登山道を行けば大きく迂回になると言うのだった。肉体の疲労も激しかったが、私は何より精神的に参っていた。湿ったインナーに身体もすっかり冷えて、私は一刻でも早く山を下って自宅に帰り着き、熱くしたシャワーで全身に絡みつく汗や砂を洗い流したかった。

妻鹿さんの後に従いて落葉を踏んで藪に入る。再び藪に入ると、身体が拒絶するように激しい疲労感に襲われた。自分の体重が倍化されて圧し掛かってくる。枝を摑んで身体を支えながら斜面を下った。肩の筋肉が強張っている。膝まで落葉に埋もれ、抜くと落葉が塊になって斜面を転がっていく。跳ねるように斜面を降りる妻鹿さんを息を切らし、追う。体中に石を詰められたように全身が重い。

いつの間にか雲が空を覆って、残照に山際が赤く滲んでいた。斜面に足を掛ける。右足首の違和感ははっきりと痛みになっていた。

岩の混じる小高い丘を登り返す。岩を大きく跨いで足を掛ける。太腿に鈍痛が響く。重い。脚一本、それは一体何キロあるのだろう。そんなことを考える。息が切れる。膝に手をついて一歩、一歩、押し込むようにして脚を進める。緩い勾配を登っては下り、下っては登りながら草叢を掻き分けて進む。妻鹿さんは振り返らずに突き進んでいる。額の汗が眦に滲みて片目を閉じる。半分に欠けた視界の先で妻鹿さんが葉を散らし、怒り、暴れるようにピックステッキを振るっているのが見えた。

落葉の中から手で脚を引き抜く。目の前の枝を折り、丘陵の先、再び藪の中を掻き分けて進む。不意に枝先で脇腹を刺され、私は呻いた。錯綜する樹林にのまれ、汗みどろになって、もう訳がわからない。今どのあたりを進んでいるのか。スマホを取り出し現在地を確かめるのも煩わしい。カタカタと壊れたように膝が笑う。幹を摑んだ腕にも力が入らない。斜面が一層暗く翳る。そう見えるのは木立の深さか、曇空のせいか、それとも疲労のせいだろうか。妻鹿さんの姿が見えない。辛うじて聞こえる足音に向かってやっと進む。

パチ、パチパチ。と弾けるような音が耳元で鳴り、突然、周囲から湧くように音が噴き出すと、木立が白く泡立って雨が降り出した。私は脚を引き摺り、追われるように駆け出した。丘陵を登って越え、雨の中を転げ落ちるように斜面を降りた。すると不意に目の前がひらけ、登山道に出た。

「ナイス、波多くん、がんばった！」

あたりに煙って流れる雨に頬を光らせた妻鹿さんは屈託なく笑みを見せて立っていた。

私は膝に手をつき項垂れて、しばらくその場で動けなかった。

「この先は登山道で下りだから。会下山遺跡の公園から出よっか」

登山道を下る。もう脚に力が入らず、ネジが緩んだように足首がふらつく。何もない平坦な場所で私は躓き、脚が縺れた。雨脚は弱まったが、風に煽られた雨粒が葉の上で弾け、その音に驚かされる。気がつくと私は右脚を引き摺って歩いていた。

「あれ？　やっちゃった？」遅れがちな私を振り返って妻鹿さんは訊く。

「痛む？」

痛むだろうか。もう麻痺してわからない。それを確かめる為に体重を掛けるのも怖い。捩じった外側に体重をかければ、粘土のようにどこまでも曲がっていきそうだった。

「ちょっとそこで靴脱いで」道の脇にあった岩を指して妻鹿さんは言ったが、「いいです」と私は拒んだ。アウターの裂け目から浸入した雨水は、インナーを濡らし、ヒタヒタと肌に冷たく貼り付いていた。とにかく私は一秒でも早く山を下りたかった。

ストックを失くした私に、妻鹿さんは柄を伸ばしたピックステッキを貸してくれた。ヘッドを摑んで凭れながら歩く。前を歩きながらザックの中を探っていた妻鹿さんは「これ、飲んで」と白い錠剤のシートを出した。鎮痛剤だった。そんなものまで持っているのか。私は無言でそれを受け取り、錠剤をそのまま唾で飲み込んだ。

蛙岩を過ぎると雨が止んだ。妻鹿さんはフードを脱いで空を見上げた。

「もうすぐだよ、波多くん」

薄暗い灰色の空の下にチラチラと白い灯をともす街が見える。不意にツンと刺激のある臭気を鼻先に感じた。尿の臭い。蛙岩のあるこのコースは、芦屋に下りる定番のひとつだった。アウトドアブームで子連れのハイカーが増えているという。子どものことだから、あと少しの街まで我慢できず道の脇に入って用をたすのだろう。蛙岩から会下山遺跡までずっとそんな臭気が続く。山は街と地続きなのだから。

「ほら！」と妻鹿さんが言って指さした高床倉庫を見た瞬間、目の前が回転し、私は泥だまりの中に腰をついた。「大丈夫か！　波多くん！」

もはや私はそれに答える余裕すら失くしていた。脚から尻、腰の上までぬっとり付着した泥を払いながら私は立ち上がる。雨で流れ出た尿の臭気が漂っている。私は無言で歩き始めた。右脚を庇って歩く。歩く度、カチン、カチンとピックステッキが鳴る。右足首はいよいよ響くように痛みはじめた。

公園の階段を一段一段、落ちるように降りて、フェンス扉からやっと住宅街に出た。

「着いた！」言ったのは妻鹿さんだけだった。それから山の手の住宅街の中を私たちは無言で歩いた。住宅地を抜け、美容室、鍼灸院、定食屋。そんな店の並びの前を歩き、駐車場とビルの間の小路を抜けると駅が見えた。平日の夕方。阪急芦屋川駅前の広場にはハイカーの姿はなく、制服姿の学生で溢れていた。

「ちょっと大変だったね……」泥だらけの私の姿を見て妻鹿さんは言い、「車があるといいんだけど」と意味もなく周囲を見廻した。西に向かう電車が近づいてくる。

「電車来ますよ。僕はＪＲですから」私は早くひとりになりたかった。

妻鹿さんは電車が走り込んで来る高架を見上げた。

「今日はありがとうございました」それだけ言って頭を下げ、もう振り返らず私は川沿いの道に向かって歩き出した。妻鹿さんが背後から何か言ったが、高架に響く轟音にそれは聞き取れず、私も気づかない振りをした。大人気《おとなげ》ないと思ったが、私は自分の惨めさに打ちのめされていた。

それから私は通りを避け、小路を択びながらまだ一キロ近くＪＲの駅まで足を引き摺って歩いた。濡れたウェアは重く、身体は冷えて顫え、歯がカチカチと音を立てた。

駅に着くと、駅前は煌々と光る百貨店やカフェの灯りの中、帰宅する人々で溢れていた。帰宅ラッシュに混み合う車内で、汚れた登山ウェアの私は自ら両肩を抱くようにして身を縮め、ドアの隅に身体を押し付けてすべて諦めたように眼をとじた。

＊

目を覚ますと、磔にされたようにベッドから身体が動かなかった。時計を見ると午前六時。意外にもそれはいつもと同じ起床時間だった。ずっと重い泥の中を藻掻き続けているような寝苦しさがあった。あまりの疲労に私は熟睡できなかった。昨晩、家に帰りついた私の姿を見て妻は叫び、大量の質問を浴びせたが、それに私はまともに答えぬままシャワーを浴び、何も食べず、そのままベッドに倒れ込んだ。

喉が渇いていた。唾を飲み込むと咽喉が痛んだ。サイドテーブルに置いてあった体温計を脇に挟んで額を触る。アラームが鳴って表示を見ると、37・7度。頭痛もする。身体がひどく怠い。が、これは山行の疲労だろう。あと一日、何とかやり過ごせば土日で風邪は快復するはずだった。

脚も腕も、全身がひどい筋肉痛だった。裾を引き上げ、右足首を見た。昨日、玄関で靴を脱いで見た時にやや赤らんでいた足首はいよいよ黝《あおぐろ》く腫れあがって踝が無くなっていた。すると咳が出た。一度出ると、立て続けに二度も三度も出て、しまいにベッドが揺れる程、激しく咳き込んだ。

「え、なに？」と妻が部屋の戸を細く開けて覗く。「どうしたん……」

大丈夫――。言おうとして声が出ない。胸を押さえながらやっと出た声は割れて、これではとても誤魔化せそうになかった。迷った挙句、「体調不良で休みます」と私は服部課長にメールを送った。しばらく返信を待っていたが、眼を開けていられないほどの頭痛と眠気に襲われて、私は顔面に枕を押し付けてそのまままた眠った。

ひどい空腹感で目を覚ますと既に昼前で、妻と娘はいなかった。服部課長からの返信はなく、また誰からの連絡もないので、私は休みになったらしかった。起き上がって床に足をつける。痺れるような痛みが脚全体に走った。脚を引き摺り部屋を出て、洗面台に行った。顔を洗って口を濯《すす》ぎ、水を飲んだ。鏡を覗き込むと、顔は赤く浮腫んでおり、鼻梁に一本、線を引いたような傷があった。壁伝いにダイニングまで行くと、妻が鍋に卵粥を作ってくれていた。私はそれを平らげ、それでも空腹はおさまらず、卵を二つ割ってご飯にかけ、塩を振って食べた。すると咽せてまた咳が出て、吐き出した痰は青く濁っていた。

咳が出ると刃物で刺されるように胸が痛んだ。風邪もひどかったが、ソフトボール大に腫れた足首も心配だった。薬箱に残っていた古いシップを貼り付けてベッドに横になると、また私は知らぬ間に眠りに落ちていた。

その晩、激しい咳に私は夜中何度も起きて、翌朝、「ちょっとおかしいんちゃう？」と妻から言われ、家から二ブロック先にあった内科医院の午前診に脚を引き摺って行った。

ヒタヒタと聴診器の丸い先を私の胸にあて、老医師は髭を生やした口元をしばらくもぐもぐと膨らませていたが、やがて看護師にレントゲンを撮るように指示をした。出た画像を見て「肺炎ですねぇ」とひどく間延びした調子で言った。

「え、肺炎？」医院の支払いを待つ間、私がそれを伝えるメッセージを送ると、すぐに妻から電話があった。「どんな感じなん？」咳と胸の痛み。それに激しい倦怠感。しかしそれは山行のものであるのかも知れなかった。

家に戻ると、家の中が騒がしい。廊下を辿ってダイニングの戸を開けようとしたが、開かない。「入ってこんとって！　自分の部屋行って！」と妻の鋭い声が飛んで来た。

戸の向こうで妻はどこかへ電話をしながら慌ただしく動き回っていた。やがて私の部屋の前を踏み鳴らすように歩く音がして「早よして！」という妻の声と娘の泣き声。そうしてゴロゴロとスーツケースを引く音に続いて玄関扉が開き、また閉まる音がすると、家の中はしいんと静かになった。肺炎について調べたらしい妻は娘への感染を懼れ、実家に避難した。「なんかあったら連絡して、とりあえずは自分でがんばってみて」という妻からのメッセージが後で来た。

週明け、少し熱が下がり、また私は医院で看てもらったが、胸の痛みと咳、倦怠感がやはり抜けなかった。医師からは「まあ一週間ですねぇ」と言われ、それを私は服部課長に報告した。「ハァ？　肺炎？　何してんねん！　どうせ遊び歩いとったんやろ。お前、言うたやろ！　あ、おま、一週間言うたら、もう今年あかんやん」一週間後はちょうど仕事納めの日だった。それから課長は私の不用意さと意識の低さを散々批判して、「そもそもお前は」と罵倒した。「お前の仕事、誰かに振るから、メールで内容送ってこい。なんかあったら訊くから、お前、スリーコール以内に絶対出ろや」と一日中、会社ケイタイを首から提げておけと言われ、電話は切れた。

服部課長はすぐに植村部長に報告するはずだった。私の面談はどうなるのだろう。部屋の窓から薄曇りの空を見てそんなことを思った。が、疲労の為か熱の為か、頭が回らず、ただそう思っただけで別に何の感想も湧いてこなかった。それどころか、そんなことがどこか遠い話のようにも思え、あの渇くような焦燥や不安は不思議となかった。

その二日後、咳はほぼ消えたが、やはりそれは山行の疲労なのか、身体の怠さは抜けなかった。

トーストを齧り、私は窓から外を見た。坪庭には前の住人が育てていたいくつかの庭木が手入れされぬまま残り、飛来した雑草と混じりあって勝手に植生していた。コニファー、アガパンサス、コルディィリネ――。そう私に解説した妻は「いい加減手をいれないとね」と、それを年末にする予定だったが、それどころではなくなってしまった。妻は私の症状を聞くと、「はぁ良かった。じゃ適当にしといて」とそのまま実家で年を越すと言う。枯れて茶色い箒のようになったコニファー。濃く出した紅茶を咽喉に通しながら、私はそれをただ視界に入れていた。

考えてみれば、私は妻鹿さんにひどく悪いことをした。完全に私の不注意から怪我をして、事故を起こして死にかけて、それを救ってくれた妻鹿さんを私は痛烈に非難した。「本物」、それは山ではなく、街にあるという考えは変わらないが、それでももっと言い方があったはずだった。言い訳をすれば、あの山行の後半、私は恐怖と疲労で、ほとんど錯乱状態だった。止め処がなくなった私に、妻鹿さんは何も言い返さなかったが、相当、応えただろう。大人気ない私の態度にも呆れただろうし、ひどく気を揉んだだろう。妻鹿さんがバリで感じていることを私は理解できないのかも知れないが、それは妻鹿さんが感じることなので、私がとやかく言うことではないはずだった。

冬の緩い陽光が庭木に降り掛かっている。結局、面談はどうなったのだろう。私を除いて、年内に全員を終わらせる予定だろうか。妻鹿さんはもう済んだろうか。この状況で、それを私が誰かに訊くことは憚られた。しかし恐らく面談は粛々と行われ、社長と部長は年内には削減する「固定費」を決定するのだろう。そしてその実行は年明けだろうか、来年度からだろうか。

あれほど執着していた「生き残り」に、なぜか私は以前のような熱量を持てなかった。それはもう過ぎ去ったことのように思え、力が抜けて、諦めにも似た感覚があった。クビになる可能性はあるが、なぜかそうした不安や恐怖心に抗う意志のようなものが湧いてこない。どこかで私は安心しているのだろうか。自分は大丈夫だと。いや、状況で言えば最悪のはずだった。「今は変な動きせえへん方がええぞ」と服部課長から釘を刺されながら、結果、私は山で怪我をして肺炎に罹り、この年末の繁忙期に長期離脱。その一事だけでも、私の社員としての評価を下されかねない。報告を受けた植村部長は、不快なものでも見るような顔をしただろう。

クビになればもちろん困る。そうなればまた一から転職活動で、いや新たに四年ほどの短い勤続年数が職務経歴に追加され、と同時にその分私は齢を食っており、次のアテもなく、この社宅からも出なければならない。それは家族にとっても困る。

しかしそう考えてみても、やはり私は以前のような焦燥を感じなかった。感じられないのか。疲れ過ぎているのか。そんな焦りや不安。それも生存本能だろうけれど、その労力をも身体が拒否しているのか。

脚を伸ばしソファに腰をかけたまま庭を眺める。クビになれば困る。不安もある。しかしそれでも、私の肚の底に豪胆な何かが居座っている。無理をして小西たちの、服部課長の、工事課の集まりにも参加していたが、今はそんなことがひどくバカバカしく、またそんな彼らに追従していた自分が滑稽に思えた。

言われた通りに私は会社ケイタイをずっと首から提げていたが、それも外した。幸い会社の誰からも連絡はなかった。体調を気遣ってくれているのだろうけれど、私の仕事を引き継いだ誰かはよほどうまくやってくれているらしかった。そして私は、もしかしたら妻鹿さんから連絡があるかも知れないと構えていたが、それもなかった。

誰もいない自宅。ベッドの上で一日中横になりながら私は自分が世間から孤立したように思った。青みがかった午前中の部屋。近くの幹線道路を行き交う車の音が波のように聞こえる。社会は私と無関係に進んでいる。私は取り残され、少なくとも今は完全に無用とされているのだった。私はひとり部屋にいて、もはや何ものでもないと思った。しかし私は私を包むやわらかい充溢を感じていた。私は毎日、台所の小さいまな板で簡単な料理をし、部屋からあまり出ず、息を詰めるように静かに過ごした。

そして私は自宅待機のまま仕事納めの日を迎えた。この場合、私はどうすれば良いのだろう。一応、挨拶は要るだろうか。服部課長に電話を掛けてみたが、出ず、またそれに折り返しもなかった。

年が明け、三日経つと妻と娘が実家から戻った。妻は私の顔色を見るより先に「何んもしてないやん！」と声を出した。束の間の「ひとり暮し」で私が部屋を散らかさずにいたことよりも、休みの間に大掃除のひとつもしていなかったことに妻は怒った。

そして一月五日の仕事はじめ。まだ痛む右足首を庇いながら一九日振りに私は出社して、すぐ社長に頭を下げに行った。

社長室の扉は開かれていて、社長は植村部長と向かい合って談笑していた。反省の弁を述べて深々と頭を下げる私に、社長は「大袈裟、大袈裟。もう大丈夫？　大変でしたね」と鷹揚に笑った。植村部長の表情もいつになく柔らかく「波多さんは第三グループの要ですからね」と珍しくそんなことを言う。

その原因はすぐにわかった。保留になっていたアーヴィンの発注が年末に入った。まずはひと現場だけだったが、他の現場も順次発注があるということだった。発注された海老江のテナントビルの改修工事には、年度内完工という条件があり、その準備の為に年明け早々、服部課長は栗城と工事課の現場担当者を連れて先方との打ち合わせに外出していた。「やっぱ資金力やな」とそれはアーヴィンのことだろう、事務所で誰かが話す声も聞こえた。

社長室の隣、扉が撤去された応接室の開口部が半透明のマスカーフィルムで覆われて、内装工事が始まっていた。そこは「企画課」という部署になり、アーヴィンからの出向組が入るという。

「えぇー、ほんまですかぁ！」と多聞さんの声が響き、総務課の席で笑い声が起こる。多聞さんもまた以前の明るさを取り戻していた。私が休んでいた間に状況が一変している。

昼前になってようやく電話がつながった服部課長は、私の年始の挨拶と詫びの言葉を遮って「てか、お前、ごっつい忙しくなるぞ」と急くような調子で言い、年末に小西と星野が揃って退職届を出したことを知らされた。二人とも今月末までだと言う。

「また担当割り振り考えるけど、とりあえずお前は妻鹿の分を引き継げ」

え？　と私は混乱し、すぐに訊き返すことができなかった。え？　妻鹿さん？　妻鹿さんが朝から事務所にいないのは、いつものことなので気にもしていなかったが、妻鹿さんが辞めた？　面談があったにしても、それはあまりに早すぎないか――。

「妻鹿さん、辞めたんですか？」

「え、お前、知らんの？　とにかく営業が三人抜けたんや、お前、頼むで」とまだ打ち合わせの最中らしく、最後の声は遠くなって電話は切れた。

妻鹿さんが？　いや、ちょっと待ってくださいよ。私は慌てた。社内を見廻し、妻鹿さんの机を見た。そこには以前と変わらずノートＰＣが置かれている。

「あ、波多さん！　大丈夫スかぁ！　肺炎で死にかけてるって、オレ、めっちゃ心配してたんですから」先に戻って来た栗城はいつもの調子だったが、私は栗城に妻鹿さんのことを問い質した。

「あぁ、妻鹿さん、社長とやりあったんですよ」言いながら栗城は眉を顰め、社長室を気にするように見て、私の袖を摑み、事務所の隅に連れて行った。

「直訴したんですよ。妻鹿さん、社長に。小口の顧客を残せって。ちゃんと自分が営業するからって、なんかボロボロのノート持ってましたよ。途中から社長室の扉が閉まって、それから植村部長と松浦さんが呼ばれて、かなりやり合ってましたよ。外まで大声が聞こえてきましたもん。そしたら妻鹿さん逆に、材料を勝手に持ち出してることを植村部長から追及されちゃって、それで結局、辞めますって自分から言ったらしいですよ。保証工事ですよ。妻鹿さんの顧客、急に部長から保証範囲外ってストップかけられて、妻鹿さん、自分でやってたらしいんですよ」

もはや栗城の声は耳に入らず、すぐに私は妻鹿さんに電話を掛けた。

「はい、妻鹿でぇぇーす」という難波さんの声が電話口と同時に背後からも聞こえ、振り返ると、総務課の席で笑い声が起こった。私はその場に立ち尽くした。社内でそれはもう去年の出来事なのだ。

昼過ぎに事務所に戻った服部課長に私は呼ばれ、休みの間の私の業務の進捗と、妻鹿さんが担当していた案件の説明を受けた。

「あの、すみません。それで、本当に、妻鹿さんはそのまま、もう終わりなんですか？」

訊いた私に、んあァ？　と服部課長は片眉を上げ「あいつは、どのみちクビやろ」と吐き捨てるように言った。すると妻鹿さんはやはり人員整理のリストラ対象だったわけで、妻鹿さんは植村部長との面談でそれを聞かされ、自棄を起こしたのだろうか。私は、自分のことも含めて、面談のことを課長に訊いたが、「あれは中止や。そういうのはまた暇な時や」と年末は忙しいので途中で中止になったのだという。

社長への直談判、それを妻鹿さんはずっと企んでいたのだろうか。それとも、まさか私が妻鹿さんを追い込んだのだろうか——。ぐっと何かに突き上げられ、私は胸が痞《つか》えるのを感じた。

休みの間に溜まったメールをひとつひとつ開いていく。私の業務を担ってくれていたのは栗城で、課長と私にCCをつけた先方とのやり取りが残っていた。年末のプレゼンにも栗城が出てくれたようで、しかしその失注を報せるメールが管理会社から届いていた。

「……残念ですよね、妻鹿さん」

返信メールを打っていると、多聞さんが隣でそう囁いた。あの後社長も思うところがあったようで、植村部長に妻鹿さんの慰留を頼んだけれど、妻鹿さんは応じず、その翌日すぐ荷物を纏めはじめたという。それを「まぁ待ちいや、妻鹿くん」と引き留めたのは意外にも松浦さんで、「頭下げれば済む話やろ」と諭したが、妻鹿さんは諾《き》かず、その日のうちに会社ケイタイと名刺を難波さんに返したという。

「わたしも引き留めたんですけど、ニコッて笑って何も言わずにパタパタパタァって出てっちゃったんです」

聞きながら私は何か遠く突き放されたように感じた。妻鹿さんは自らクビを切ったのだ。私の考えも懸念もすべて踏み越えて去って行く。笑うようにカラビナを鳴らし、山の中をひとり歩いていく妻鹿さんの後ろ姿が不意に思い浮かんだ。

波が洗うように会社の状況が一変していた。私はまた以前と変わらず仕事をはじめた。大波にのまれ、取り乱して私は藻掻いたが、また押し戻されて、呆れるくらいあっさりと元いた場所に戻っている。何食わぬ顔で同じ席に座っている。妻鹿さんが使っていた机の上には建材のカタログが積み上げられはじめていた。

帰りの電車で押しつけられたドアの窓から、山の手の住宅地を覆って黒く連なる六甲山脈の山容が見えた。やはり妻鹿さんは登っているのだろうか。あの日以来、私はアプリを開いていなかった。妻鹿さんの山行記録。それを目にするのが少し怖いように思っていた。

アプリから連絡が取れる――。不意に私はそれを思いついた。しかしどう言えばいいのだろう。あの日の詫び、それから――。ちゃんと社長に謝って会社に戻るようにとでも言えばいいのだろうか。いや、もっと。伝えたいことはたくさんある。考えがまとまらないまま、揺れる電車の中で私はアプリを開き、妻鹿さんの山行記録を探した。

しかしそれが見つからない。いくつか思い当たるワードで検索を掛けても引っ掛からず、慌ててフォローリストをスクロールした。しかしそこにもやはり「MEGADETH」はいない。私は唾を飲んだ。

ない。妻鹿さんの山行記録はアカウントごと消されている。ドッと車内が揺れて隣の男のリュックに圧される。アプリの記録はやめる。それは妻鹿さんが言っていたことだったので、いつかそれは消えるのかも知れないとは思っていたが、それが今、このタイミングで消されていることに私は胸騒ぐものを感じた。

その週末は自宅の大掃除になった。背中に娘を括りつけた妻は庭木の手入れをし、私は雑巾でダイニングから廊下のフローリング、巾木の縁まで拭き上げていった。玄関の靴をすべて表に出してシューズボックスを空にする。土間タイルの砂利を掃き出そうとして傘立てを除けた時、その中に私は、あのピックステッキを見つけた。

戸惑いを覚えつつ、私はそれを引き抜いて手に取った。シルバーの柄に小型のピッケルヘッド。触れるとそれは吸いつくような冷たさがあった。あの日、足を痛めた私は妻鹿さんからこれを借りて家に帰り着いたのだった。柄にもヘッドにも無数の細かい傷がついている。黒い石突カバーは逆剝けて、柄に貼られた「MEGA」というアルファベットのシールもところどころ欠けていた。妻鹿さんはこれを斜面に打ちつけて崖を登り、草を薙ぎ払って藪を進んでいたのだ。

すると背後からザワザワと藪を揺らす音が迫り、思わず私は息をのんで振り返った。

「ちょっとぉ？　終わったん？　何してんのよ」土嚢《どのう》袋を手にした妻が後ろに立ってい

た。私はピックステッキを隠すように足元に下ろし、それが疚しいものであるかのように、自分の部屋の中にしまった。それは文字通り妻鹿さんの相棒ともいうべきものだったが、それを私に預けたまま、妻鹿さんはまたあのマイナスドライバーで斜面を登っているのだろうか。

夜中、物音にふと目を覚ますと、部屋のクローゼットの前に立てかけていたピックステッキが倒れていた。窓から射しこんだ薄明かりを受け、それは暗闇の中に仄白く浮かんで見えた。

翌朝、寝過ごした私は急ぎ足で駅に向かいながら、右足首の痛みがすっかり消えていることに気づいた。

「写真撮りますか?」中間検査に行った甲陽園の屋上防水工事の現場で、現場監督について足場で屋上に上がる。組み替える足場の楔を打つハンマーの音が高く響く中、私は一段、一段、昇降階段を踏んで足首を確かめた。

屋上の平場には三人の防水職人が散り散りになって腰を屈めていた。顔を上げたひとりを見ると、それは顔なじみの職人だった。「あ、どもぉ波多さん、ええ天気ですねえ。六甲山もよう見えるわ」見上げると、白く澄んだ空の下に濃緑の六甲山脈が迫って見えた。

その晩、私はザックの中に入れたままにしていた登山地図を拡げた。六甲の東、支線の終点の甲陽園駅。いつか妻鹿さんが登っていた鷲林寺《じゅうりんじ》の登山口。登山口までバス道を歩き、三叉にわかれた観音山まで、径を抜けて飯盛山。そのあたりは平坦と言っていい程、なだらかな地形で――。自分は何を考えているのだろう。そう思ったところで「お風呂入れてぇ」と妻から声がかかって私は地図を閉じ、それを仕事鞄に入れた。

通勤の電車の中、鞄から地図を取り出す。年輪のような等高線の輪。その間隔が広い場所は勾配が緩いはずで、進んで行けるのかも知れない。外側からぐっと挿し込んで、その輪の重なりを集めて狭まっているのが峪で、輪を拡げながら山頂に導くのは尾根だった。峪から入って尾根に登る。しかし実際に踏み入ってみなければ本当に進めるかはわからない。例えばここ。あるいは迂回して、それがダメならこの西側から。先に進めたとして、ここは勾配がきつい――。じゃあ、ここ。私は上着にペンを探した。

昼休みに私は会社のコピー機で登山地図を数枚コピーして、マーカーで線を引きながらルートを考えた。地図は登山道と登山道を繋ぐ線ではなく、地形の面で見るものだと思った。皺を寄せる等高線を避け、尾根と尾根、あるいは峪と尾根を繋ぐ隙間。私は自ずとあの日、妻鹿さんと歩いた山の景色を思い起こしながらその場所を想像した。

「お、やってますねえ」と割箸をのせたカップ麺を手に槇さんが覗き込む。するとすぐ、槇さんは私が何をやろうとしているのかを気づいたようで、「気をつけてよぉ」と言って笑ったが、その時に、お道化た表情をして見せたのは、それが松浦さんのことも含めているからに違いなかった。

「まだちょっと寒いけど、どや?」と松浦さんが計画した二月末の土曜日、高御位山への山行を私は「今回は遠慮しておきます」と断ると、「あ、そうか、プレゼンが入るかもしれへんもんな」と松浦さんの方で口実を考えてくれた。

二月の打ち合わせは済んでいて、その日に休めることはわかっていたが、私はもう以前のように登山部での登山には惹かれなかった。それどころか登山部の仲間と登る、そんなことがひどく煩わしいことのように思えて仕方なかった。

私はひとりで登りたかった。そしてどこまで進めるかわからないが、私は自分で地図に引いたルート、バリに分け入ってみたかった。急斜面や断崖は避け、無理はせず、進んでは引き返して径を探し、それでいくらも進めないかも知れないが、迷いながら行けるところまで行こう。ひとりだからこそ気兼ねなく迷うことができる。そうすれば妻鹿さんの言うバリがわかるだろうか。そしてその先に、私は妻鹿さんの姿を見るのかも知れない。

営業会議の後の飲み会を断って、私はホームセンターに行き、バリの道具を買った。大型のマイナスドライバー、手鋸、八㎜ロープ、バラクラバ、保護眼鏡、そして九八〇円のヤッケ。家に帰って、それらを装着しピックステッキを持って部屋の姿見に映すと、そこには妻鹿さんが立っていた。

プレゼンを終えた翌週の振休、私はまだ昏い内に自宅を出て甲陽園の登山口に向かった。黒い山影の端には白い月が見えた。青く沈む県道を車のヘッドライトに煽られながら登っていく。寺院の奥の駐車場のフェンスの破れ目から山に入った。

山に入り、坂を上って振り返ると街が見えた。明滅する光を無数に放ちながら広がる群青の街。薄曇りの東の空は街の上に灰色に澱みながら赤く底光っていた。

山の北側に廻ると暗く翳って隈笹が覆う木立の中には雪があった。平日の早朝、ハイカーの姿はなかった。勾配を登り、森の中を歩いて別荘地の池に出る。いつの間にか雲は流れて白く晴れ、水底を碧く透かしていた。宅地の裏を流れる小川を越えてバス道を渡る。山への案内板のある脇道に進むと、外国の農道を思わせる木柵が続き、やがて道はバリカーに遮られて進入禁止になる。左が登山道で、右は藪の繁る木立だった。しかしその右が、私が地図に印をつけた場所だった。

ザックにレインカバーを被せ、顔面をバラクラバで覆って保護眼鏡をつけ、ピックステッキと手鋸を手に持った。藪に入りこみ尾根を辿って岩を越えた。ピックステッキで斜面を登り、柄を伸ばして落葉の中を探る。危ない箇所ではロープを出す。それらは全て妻鹿さんとの山行でやったことだった。そうして尾根を伝って歩き、また藪を潜って登山道に出ると、通り掛かったハイカーのグループと出会《でくわ》して、「うわあッ！」と声をあげて驚かれた。私は慌ててバラクラバを引き下げ、会釈をして、含羞んだ。

全身に絡んだ草を払いながら登山道を下る。アプリで移動ルートを見る。決めていたルートからもズレ、距離も僅か四キロしか進んでいなかった。それでも私は不思議な高揚感に満ちて自宅に戻った。

平日でもハイカーの多い神戸線沿いの定番の登山口は避け、支線の甲陽線や今津線、電車を乗り継いで神鉄方面。山の北側や東側から登る。ガベノ城、ゆずり葉台、座頭谷、白水峡――。あまり人がいないルートを択んで歩き、そこから地図にラインを入れてバリを試す。登山道を外れて峪を探り、尾根を辿って藪の中に這入り込む。地図を見て進めそうであれば、名前のない峪から入ることもあった。

「掃除お願いねぇ」と出ていく妻と娘を部屋着のまま見送って、大急ぎで着替え、前の晩からすっかり用意しておいたザックを肩に自宅を出て山に向かう。帰宅する妻が車で保育園から娘を拾って帰って来る前に、山を下りて自宅に戻り、坪庭に置いたバケツの中に山の道具を放り込む。洗濯機にウェアを投げ入れる。シャワーを浴び、すっかり服を着替え、妻と娘が戻れば、「おかえりぃ」とずっと家にいたかのようにダイニングから声を出す。もうそれは異様なことかも知れない。

しかしどれだけ取り繕ってみても、半日歩けばウェアだけでなく下着まで汗になって洗濯物が増えた。持ち帰った山の土にザラつく玄関の土間、ムッと汗に臭う洗面所。そんなことにすぐ妻は気づく。「山、行ったん?」と戻った妻が洗面所からピアスをはずしながら訊く。――うん。と私は娘を抱きかかえ、何気ない調子で答える。

「ひとりで?」

ん？　うん。と少し遅れて答えると、「寒いのに、好きやねえ」と言いながらダイニングに入って来た妻と眼が合い、目の奥を覗き込まれたように感じるのは私に疚しさがあるからだろう。年末の一件以来、私が山に行くことを妻は当然こころよく思っていない。

庭に出て、チェーンスパイクの泥を落としながら考える。もう二度と。そう思っていたはずなのに、なぜ私はバリに行くのだろう。――妻鹿さん。それもあったが、私は山に以前に感じていたものとはまた違うものを感じはじめていた。

無理はしない。危なければ引き返して別のルートを探す。距離を稼ぐ必要もないし急ぐ必要もない。山頂を目指す必要もなかった。山行記録をアプリにアップすることも止めた。バリへの批判や、アプリで繋がる登山部のメンバーのこともあったが、もはや山行記録を誰かと共有したり、コメントを期待したりする気持ちは起こらなかった。

バリを抜け、登山道を歩く。ふと熊蜂の羽音を耳にする。脚を止めて耳を澄ますと、やはりそれはハイカーの話し合う声で、急に私は居たたまれなくなって杉木立の中に戻った。

木立の奥に逃げ込んで、私はやっと息をつけるように感じた。ひらけた場所を見つけ、岩を転がして腰を下ろし、バーナーで湯を沸かす。妻鹿さんのようにミルマシーンまでは持ち込まなかったが、家で挽いた豆の粉をドリップしてコーヒーを淹れた。私はバリを、妻鹿さんを理解しはじめているのかも知れなかった。

するとある時、私は山の中で奇妙な感覚に陥った。

枝を折って藪に踏み入る。空を見上げる。白い陽に樹々の枝が黒かった。寒さは徐々に和らぎはじめていたが、吐く息は白く口元を覆っていた。火を熾すようにペースを上げて斜面を登る。ピックステッキを打ち込み、岩に脚を掛けて体重を乗せる。枝を掴んで身体を引き上げ、這い上がって岩を越える。勾配を踏んでいく。息が切れる。汗が噴き出す。熱源のように心臓が鳴る。それにも構わずに踏む。やがて呼気が溢れて耳の中を内側から埋める。

勾配が緩むと、水中から息を継ぐように立ち止まってヘルメットを外し、汗を拭った。膝に手をつき項垂れて息を吐く。散った汗が地面に無数の黒い点になる。

ボトルの水を飲んで再び歩き出す。落葉に自分の足音を聞く。樹林の間を縫うように歩く。樹冠が高く頭上を覆って山の中は暗く静かだった。熱くなった身体のまま尾根に沿って流れるように下る。地図も地形図も見ずにそのまま淡々と歩くと、不意に身体が浮くように感じた。落葉を踏む音と呼気、そこに自分の心音が混じる。歩きながらそれを聞く。それらは勝手に同調し、反発し、跳ね、熱を帯びた身体の中で騒ぎ、酔いに似た感覚があった。酔いに任せ、私は眠るように歩き続けた。ふと断崖に行き当たって気づいて、自分はいつからそうして歩いていたのだろうと戸惑った。歩いていた間の意識がすっかり抜け落ちている。それは奇妙な感覚だった。しかし不快ではなく、寧ろ深い眠りに沈み込んでいたようなここちよさがあった。

街に降りてからも、しばらくその感覚から醒めなかった。深く考えていたような、あるいは何も考えていなかったような。思考と呼べるほど確かなものでなく、感覚に近い、もっと漠とした何か。その中に深く潜っていたような感じ――。コンッ、と電車の中で頭を小突かれ、「すんません」とバットを背にした部活帰りの学生に頭を下げられて、ようやく私は現実に還った。見るとスマホに妻からの着信が三件残っていた。

深く眠るような感覚。これがあの時に妻鹿さんが言っていたものなのか。毎週毎週、妻鹿さんが憑かれたように山に登り続けたのはもはや理屈ではなく、それが妻鹿さんにとって快楽に近いものだったからだろう。


山は色を変え、葉叢は膨らみ藪も厚みと密度を増していた。草叢を踏めば朦々と白く煙る胞子に咽せ、蟲のひく糸が顔に掛かった。妻鹿さんの言う「いい季節」は過ぎようとしていた。

海老江のテナントビル改修工事は完工していた。新たに別現場の発注が掛からないまま海老江の現場は終わった。会社は再びアーヴィンの発注を待つようになっていた。服部課長主導の一斉営業はクレームを増やしただけで空振りに終わり、工事課を遊ばせない程度の受注はゼネコンや管理会社からあったが、それらの利益率は低く、会社の資金繰りを圧迫していた。社長は相変わらず角氏と連れ立って外出し、植村部長の眉間の皺は再び深く彫られて、日を追うごとに黝ずみを濃くしていた。

　まさか海老江のひと現場で問題が解決されるはずはなく、アーヴィンの施設課三人の出向の受け入れと海老江の現場の発注、その関連はわからないが、もしかするとアーヴィンにしても角氏にしても、それで精一杯なのかも知れなかった。実のところ状況は何ひとつ変わっておらず、いずれ再び人員整理の話が出るのかも知れなかった。しかし以前と違うのはもう妻鹿さんはいないことと、そして私がそれでも山に行くのを止めようとは思わないことだった。

　神社の樹木の若い葉叢が風をのんで揺れているのが窓から見える。その前の妻鹿さんの机には見本焼きタイルの段ボールが積まれていた。多聞さんは両手で受話器を持ち、頭を下げながら「はい、すみません。はい、はい、大変申し訳ございません」と頻りにどこかに謝っていた。先週、工事課の竹内課長が急に辞めた。再び会社は危機に陥っていた。いや、そうではなく何も変わっていなかったのだ。

　振休を取った日の予報は外れ、朝から雨になった。街が灰色に煙って窓ガラスを這う雨垂れに歪んで見えた。「じゃ、行ってくるからぁ」と仕事に向かう妻と、抱えられた娘を部屋着のまま玄関で見送った。

　窓の外に雨の音を聴きながら、地図の写しにマーカーで線を入れていく。五助谷から石切道、西に向かうと大月地獄谷。消されてしまった妻鹿さんの山行記録。それを私は必死に思い出そうとしていた。妻鹿さんのルートを私が辿るのは、却って危ないのかも知れないが、妻鹿さんはそこにいるのかも知れなかった。

しかし妻鹿さんはアカウントごと、それらを消した。——止めたのだろうか。ふとそんなことを思った。ペン先が峪間で止まり、赤く滲んで膨らみだす。意地を張り通して会社を辞めたのだから何かアテがあったのかも知れないと、私は妻鹿さんと懇意にしていたいくつかの業者に尋ねてみたが、「それがわからんのですわ」と彼らにも何も連絡がないと言う。

新田テック絡みの業者には声を掛けづらく、転職活動をしてみたがなかなか決まらず、生活のことや家族のこと、その他あれこれが目の前に迫って、いよいよ山どころではなくなったのか。そんな中で妻鹿さんの考えにも変化があったのか。山行記録ごとアカウントを消したタイミング。私に連絡を寄越さず、ピックステッキを取り戻そうとしなかったのも、そんなことと関わりがあるのかも知れない。

いつの間にか雨は止み、曇り空に薄陽が射して窓ガラスの雨粒は光りを溜めていた。雨雲レーダーを見た。近畿地方を覆っていた巨大な雨雲は阪神間を避けるように二股にわかれ、長く東に伸び出していた。その場で私は部屋着を脱いだ。

駅からバスに乗って川沿いの道を進む。道沿いの桜の樹の枝先が赤く膨らんでいた。公園の前でバスを降りる。青灰色の空は山際で色を薄めて、山は稜線に沿って淡く光りを放つようだった。

草を踏んで石を蹴り、渓流に沿って峪に入る。妻鹿さんと来た時とは峪の色がすっかり変わっている。あの頃は草も樹も枯れたように色褪せていたが、今は濡れて鮮やかだった。湿った土に靴を埋め、チェーンスパイクの歯を噛ませながら斜面を登る。ガレ場を踏んで峪を遡る。頭上を覆う樹々の葉叢も、苔の緑も明るかった。ドッと流れを吐き出す堰堤の横を斜面に取りついて登る。濡れた岩に足を掛け、木の根を摑んで小滝を越えていく。

尾根から斜面を下って堰堤の内側に入る。朽ちた樹の幹や枝が砂利と一緒になって翠色の水底に堆積している。立ち枯れした白い幹を踏み越えて進む。岩間を水が音もなく流れている。胸を反らして峪の嵐気をのむ。流れに脚を踏み入れて歩く。

大滝が見えた。雨で増えた水を轟々と放って立ち上がっている。水は砕けて煙り、あたりに白く流れていた。飛沫を浴びながらボトルに水を掬う。

私は街からずっと不安を引き摺って山を歩いた。誰もいない山で、ひとり考えてみたかった。五、六時間かけて山の中を歩く。日常の中でそれほど長い時間、誰とも接することなく、ひとり考えを巡らせることがあるだろうか。考えたところで仕方ないとはわかってはいるが、歩き、熱せられ、汗に洗われ、自分の不安がどう変化するのかを知りたかった。

斜面を登る。身体が熱くなる。しかしいくら登っても歩いても不安は変わらず、火に焼《く》べられた落葉のように朦々と煙りはじめる。一歩一歩、埋めた足を抜いて落葉を掘る度、不安が止め処なく噴き出してくる。膨らんだ不安が喉元を圧するように、苦しくなって思わずバラクラバを脱ぎ取った。暑くなった頭からドロドロと汗が流れ出た。

　妻鹿さんも同じだったんじゃないだろうか。どれだけうまく峪を渡って、ぎりぎりの崖を登ってみたとしても不安は消えず、寧ろひとり歩けば歩くほどどんどん不安が湧いてくる。常務のこと、会社のこと、仕事のこと。そしてわからないが、家族のこと。その他にももっといろいろあるだろうが、自分のことをやるだけと言っていた妻鹿さんも、山でひとり、胸苦しいほどの不安を感じていたんじゃないだろうか。

　藪を抜け、例のハイツの下の土手から舗装路に出た。ガードレールの傍らでザックを下ろし、ヘルメットを外して汗を拭う。ボトルに入れた滝の水を飲む。すると波のような音に、目をあげると白いＳＵＶのドイツ車が目の前を快速で走り過ぎた。後部座席の子どもたちが、開けた窓から手と顔を出してこちらを指さして何かを叫んだ。

　汗に濡れたウェアを着替え、藪に引き返す。もと来たルートを辿るつもりだったが、いつの間にか私は草藪を掻き分け、あの踏み跡を探していた。妻鹿さんに連れられて入ったあの踏み跡。

草に絡まり藪の中を藻掻きながら進む。しかし入り乱れた藪の中に踏み跡と判るほど確かな痕跡はなかった。藪を掻き分け、また思った。——妻鹿さんは止めたのかも知れない。会社の危機に、ひとり山の中で不安を嚙み続け、組み合うようにして粘り続けた妻鹿さんも、実際に失職し、思うように次が決まらず、仕事、生活のこと、家族のこと。いよいよ追い詰められて——。妻鹿さんは確か、今年四三歳。業界は長いが資格はなかった。会社でまとめて申し込む二級建築施工管理技士の資格試験に去年も申し込んでいた。無資格で、その年齢で自己都合で会社を辞め、苦境に陥っているのかも知れない。もう、手帳にただ一文字、「山」と書く余裕すらもないのかも知れない。

せめて私は謝りたかった。あの時、妻鹿さんは私の言葉をどういう思いで聞いていたのだろう。反論もできただろう。ひとりでバリをしてみろ、不安は忘れられるもんじゃない、と言いたかったのかも知れない。しかしそれを興奮した私に言っても無駄だと、口を噤んだのか。

藤木常務のノートを持ち続け、社長に直談判した妻鹿さん。妻鹿さんなりのやり方でやっていたのだ。大手の下請に甘んずることなく、ひとり客先を廻って直接営業、元請で工事を受注する。それはどこか整備された登山道から外れ、径のない藪に分け入るバリと通じるのかも知れない。

もう言葉ではわからないと、あの時、妻鹿さんは私に何も言わなかったが、じゃあ、駅で最後に私に何を言おうとしたのだろう。私はそれを訊きたかった。そして妻鹿さんに謝りたかった。

今戻らなければ暗くなる。そう思いながらも私は藪の中で藻掻き続けた。みっしりと詰まった藪の厚みに圧されながら、それでも私は這うようにして進んだ。全身が熱くなる。もう前後左右もわからずに草を掻き分け、千切れた葉と砂利にまみれながら藪を進んだ。

すると一瞬、その枯草色の錯綜の先に黒いものが跳ねたように見えた。見間違いかと疑った瞬間、ザクザクザクと歩く足音が聞こえた。小気味良いリズムでそれは遠ざかる。穴熊や猪ではない。――妻鹿さん。いやまさか、とすぐに打ち消したが、それでも私は慌てて立ち上がって藪を掻いた。しかし枯草色の波は粘るように強《こわ》く、私は押し返され、また波に潜るように這って進んだ。ぐっと蔦に脚を引かれる。手鋸でそれを伐り払う。妻鹿さん！　声を出そうか。そう思った瞬間、藪が切れて、目の前に峪が広がった。

ところどころ崩れた斜面が山肌を白く抉っている。暮色に黄色く染まった空に切れ切れの青い雲が渦巻いていた。峪はまだ見晴らせる明るさだったが、そこに人影は見えなかった。

ロープを使い、樹林の続く場所から峪に降りる。周囲にぽつぽつと藤色の灯がともるように見えるのはミツバツツジで、それらは峪を囲むように群生していた。斜面を降って峪底に向かう。もう私は地図を見なかった。それがどこに通じるのかはわからないが、誰かが、もしかすると妻鹿さんがそこに降りたはずだった。

礫砂に足を滑らせ、片方の靴からチェーンスパイクが外れ、絡まりながら峪に落ちていった。私はピックステッキを摑んで立ち上がり、斜面を削りながら降りた。

陽に蒸しだされたように薄靄が山裾の木立から峪間にのび出していた。あたりを見廻すが、人の姿はない。やはりあれは見間違いで、あの足音も幻聴だったのか。

峪底の岩に腰を下ろして周囲を見上げる。新緑の緑が薄靄に溶け、濾された西陽がやわらかく漂っている。峪には僅かに流れがあった。屈んで流れの水を掬い、湯を沸かした。フィルターを拡げコーヒー粉を落とす。均した粉に湯を注ぐ。粉は膨れて泡を噴いた。湯気は伸びてゆるく縒れていき、薄靄の中に馴染んだ。一口飲んで息を吐く。

流れでステンのカップを濯ぎ、ザックのカラビナに吊るして立ち上がる。峪底を歩きながら木立の斜面に抜け径を探して歩く。

峪を囲うミツバツツジの赤紫が目を惑わせるほど眩しい。ふと見るとその中の一本が、枝先にひとつ青い花をつけている。不思議に思って近づいて見ると、それはまだ新しい、あの青いタータンチェックのマスキングテープだった。

初出　「群像」二〇二四年三月号

装幀　川名　潤

松永K三蔵（まつなが・けー・さんぞう）

一九八〇年生まれ。関西学院大学卒。兵庫県西宮市在住、日々六甲山麓を歩く。

二〇二一年「カメオ」で第六四回群像新人文学賞優秀作を受賞しデビュー。同作は「群像」二〇二一年七月号掲載。

バリ山行《さんこう》

二〇二四年七月二五日　第一刷発行
二〇二四年一一月二六日　第七刷発行

著者　松永《まつなが》K《けー》三蔵《さんぞう》

発行者　篠木和久

発行所　株式会社講談社
〒一一二-八〇〇一　東京都文京区音羽二-一二-二一
電話　出版　〇三-五三九五-三五〇四
販売　〇三-五三九五-五八一七
業務　〇三-五三九五-三六一五

印刷所　TOPPAN株式会社

製本所　株式会社若林製本工場

KODANSHA

ISBN978-4-06-536960-9